神様に加護2人分貰いました

kamisama ni kago futaribun moraimashita

6

kamisama ni kago futaribun moraimashita

琳太
Rinta

Illustration
みく郎

オロチマル
フブキの従魔。
自由奔放な末っ子
タイプ。
ツナデ
フブキの従魔。
姉御肌の
女の子。
天坂風舞輝（あまさかふぶき）
異世界に無理やり召喚された高校生。
一緒に召喚された同級生とはぐれてしまう。
地球の“神”様から、
加護やユニークスキルを
大量にもらっている。
ジライヤ
フブキの従魔。
三頭の中ではお兄さん
ポジション。
ルーナ
豹獣人の女の子。
魔物に食べられていたのを
フブキに助けられ、
ともに行動する
ようになる。

主な登場人物
Main Character
ウォルローフ
小人族の学者先生。
好奇心旺盛。
まきのかなた
牧野奏多
ユキネの親友。
実はネット小説や
ゲームが好き。
ささはしゆきね
笹橋雪音
フブキの幼馴染。
離れ離れになって
しまった彼の身を
案じている。

目次

第一章　龍の顎

この世界に召喚されたときに一人逸れた俺、天坂風舞輝は冒険者となり資金を稼ぎながら幼馴染の雪音たちを捜して、エバーナ大陸から船に乗ってラシアナ大陸のヴァンカという街に到着した。

ようやく雪音たちがいると思われる大陸に来て四日目の今、俺はマーニ＝ハティへと進化したジライヤに跨り、断絶の山脈と呼ばれる山の尾根にある〝龍の顎〟という峠道を目指している。

ヴァンカの冒険者ギルドで簡単な〝家事手伝い〟の依頼を受けた。その結果、なぜか魔物の巣窟とも言われる山々を走り回っている。

その依頼主である学者のウォルローフ先生に頼まれて、隣国からの避難民を捜すためだ。

ま、義を見てせざるは勇なきなりっていうじゃん。助けられるなら助けたい。その力が俺にはある。地球の神様がくれた加護が二人分あるんだから。

◇　◇　◇

《アクティブマップ》をオンにすると、モンスターの反応がちらほら現れるが、今は目的の場所まで行くことを優先させた。ジライヤにも、戦闘を避けて上を目指すように言う。

　時々オークの集団もいるみたいだが、さっき潰(つぶ)した集落の生き残りだろうか。オークキングに率いられていたにしては、集落にいた数が少なかった気もしないではない。

　俺の知識は日本のラノベが基準であって、この世界の話じゃないけど。

『イエス、マスター。集落にいたオークが全てではありません。半数が狩りや警戒のため、集落の外に出ていたようです。オークキングも手下を連れ、外に出ていました。狩猟部隊は短期で戻ってくる隊と、数日から十数日かける隊に分かれているようです』

　夜行性ではないので、昼間は集落から移動しないはずないか。集落も支配者(オークキング)もいなくなったオークたちはどうするんだろう？

『生き残った個体の中から新たなリーダーが生まれて集落を再建するケースと、小さな集団に分かれて散らばっていくケースがあります』

　少し時間を置いてから確認した方がいいのかな。とにかく今はオークより〝龍の顎〟の方が優先だ。

　道なき森をジライヤの背に乗って移動していると、それらしき場所がサーチ範囲に入った。

「生存者がいる。一、二……重なってて数えにくいな。点滅してるのもある。急ごう、ジライヤ」

『任せろ』

　ジライヤの速度が増して、俺は振り落とされないようにしがみつく。

『《スキル習得難易度低下》の効果により、新たなスキル《騎乗》を習得しました』

ナビゲーターのコールとともに突然身体の安定感が増した。うーん、相変わらず《スキル習得難易度低下》がいい仕事してますねえ。やはりこのスキルが一番チートかもしれない。

そう言えば〈空間接続〉の確認のために初めてジライヤに乗せてもらったときは、今と違って《騎乗》スキルのことは考えてなかった気がする。

ああっと、今はスキルについて考えてる場合じゃなかったな。

上に向かうにつれ、大きな木が少なくなってきた。八合目あたりに到達する頃には、岩と背の低い草木がまばらに生えているだけになった。このあたりが森林限界というやつだろうか。

森の中を移動しているときは気がつかなかったが、空はどんよりと曇っており、雨が降りそうな気配がする。

〝龍の顎〟とはよく言ったものだ。元はトンネルだったのが、片側の壁が崩落したのか、それとも偶然この形に崩れたのか、岩山がくり抜かれたようになっており、特定の方向から見れば口を開けた龍に似ている。

壁面の崩れた側の下、すなわち顎の下に当たる場所は崖で、下を覗(のぞ)くとかなり深い渓谷(けいこく)になっていた。

下顎と上顎の間、口の中と言っていいのだろうか？　そこは人が二人並んで歩けるほどの幅の道だった。張り出した上顎にあたる部分が屋根のようになっており、ワイバーンなどの飛行タイプからすれば上からの強襲がしにくいのではないだろうか。

遠目から見た感想だったが、近づいてそうではないことに気づいた。

口の中の道にはところどころに広い場所があって、高さも十分ある。端から滑空して侵入するスペースは十分あるようだ。

トンネルとしての長さはかなりあった。上顎の天井部分は横から見れば一続きに見えたが、実際は隙間だらけだ。時々途切れていて、そこからワイバーンが飛び込んでくることもできそうだ。

今、《アクティブマップ》にはワイバーンらしき反応はない。

ただ、四つある光点のうち二つが点滅しており、瀕死状態を示している。グルカスさんの仲間だとしたら急がないと。その方向に向かうようジライヤに示すが、進む先は崖下で、当然道はなかった。

ジライヤから降りて崖下を覗くと、縦に溝というか裂け目のようなクレバスが連なっていた。

本来のクレバスは雪渓の割れ目を指すらしいが、形といい深さといいそっくりなので、あえてこう呼ぼうと思う。

崖自体はかなりの急斜面だ。ロッククライマーでもなけりゃ登れそうにない。

「この隙間に落ちたのか」

クレバスの深さはまちまちで、深いもの、浅いもの、底が広めの空洞になっているものもある。

マップで地形を確認していると、北東に当たる方向から黄色の光点がかなりの速度で近づいてきた。

「あそこの細めのクレバス、底の方に生存者の反応があるな。降りるぞ」

『フブキ、背に乗って。オレがあそこまで行く』

「頼むぞ、ジライヤ」

ツナデを背負ったままジライヤに跨ると、《空中機動》を使って目的のクレバスのそばまで移動する。着地した途端、足元の岩が崩れたため、ジライヤの足元に〈空間固定〉で足場を作った。

ここの岩質は脆いようだ。隙間がたくさんあるのはそのせいか。

真下のクレバスの入り口の大きさは、縦は五メートルほどあるが、横幅は一メートルもない。

ジライヤから降りてクレバスに頭を突っ込み、中を覗く。下まで光が届かず真っ暗だが、俺には《夜目》がある。

深さは二十メートルほどあり、底の方はそこそこの広さがあるようだ。入り口はここだけでなく、いくつかのクレバスが複雑に組み合わさり、中でつながっている。

いきなり降りると驚かれるだろうから、先に声をかける。

「誰かいますか？　俺はグルカスさんから仲間の捜索依頼を受けた冒険者です」

狭い洞窟のような空間に、俺の声が反響する。

「た、助けて……の……」

弱々しい声も反響して俺のところまで届く。

「今、降りていきます。従魔連れなんで驚かないでください。ツナデ、頼めるか」

「えエヨ」

進化して片言ながらも言葉が話せるようになったツナデは、そう返事をすると、俺の背にしがみついた状態でスキルを発動させる。

ジライヤが影に沈んでから、俺は裂け目に足を踏み出すが、ツナデの《浮遊》によってゆっくり降りていく。壁が脆(もろ)いため、自分で降りるよりツナデのスキルを使う方が、落石を起こさずに済む。

落ちるに従い周りは闇に包まれていく。向こうからは見えないと思うので、〈ライト〉を小さめで灯した。いつくらいから明かりなしで過ごしているのか、落ちた時点ですでになかったのなら、明かりに慣れるまで時間がかかるだろう。

そして底に着くと、足元に気をつけて降り立ち、横たわる獣族の人数を確認する。

底にいたのは犬獣族(いぬじゅうぞく)ばかりだった。生臭い鉄気を含んだ悪臭が鼻を突く。座り込んで立てないのか、女性が這(は)うように少し前に出た。

「や、薬草を、持って、ませ、んか?」

その女性と倒れている三人を《鑑定》すると、全員ザナルさんの家族だった。

点滅していたのは、ザナルさんの妻のミルさんと弟のガレルさんだ。

「すぐに治療します、ツナデ、彼女にポーションを」

「まか、シトき」

俺はまず範囲で使える《回復術》と《治療術》をかけつつ、ヒールポーションを怪我のひどい患部にふりかける。その間にツナデはリュックからヒールポーションを取り出し、唯一意識のある女性、ガレルさんの妻であるゼゼさんに飲ませる。

「〈エリアエクストラヒール〉〈エリアエクストラキュア〉〈エリアタイアードリカバリー〉」

ガレルさんの点滅は止まったが、ミルさんはまだだ。ミルさんを優先して治療をしよう。

「〈マキシマムキュア〉〈ハイキュアディシーズ〉」

＝種族・犬獣人　固有名・ミル　年齢・28歳　状態・ステータスダウン、左腕左下肢欠損、貧血、壊死、感染症、腰椎骨折、脊椎損傷、内臓機能障害、栄養失調、衰弱
犬獣人族の女。デルテ村（断絶の山脈の東側の麓にあった村）出身＝

一通り治療してから《鑑定》をかける。片足と片腕がなく、布できつく縛られているが、傷口が腐りかけているようだ。落ちたときに骨折、というか脊椎損傷まであるが、よくこれでもったな。

「〈キュアポイズン〉」

ここまで重傷だと《治療術》を単発でかけるより《メディカルポッド》の方が早い。

振り向いてゼゼさんに説明する。

「特殊な治療魔法を使います。ミルさんの姿が見えなくなりますが、驚かないでください」

ゼゼさんは俺に説明されてもよくわかってないようで、とりあえず頷(うなず)くといった感じだが、仕方ない。

「《メディカルポッド》」

ミルさんの身体が淡く光り、銀の繭(まゆ)に包まれる。

「ギュワアアァァ……」

突然モンスターの雄叫(おたけ)びが空間内にハウリングすると同時に、上からバラバラと石が降ってくる。

見上げると、クレバスの隙間(すきま)に首や爪を突っ込んでくるやつがいた。

「ヒッ」

「ワイバーンか」

ゼゼさんが身を縮こませながらも、横たわる娘のビビちゃんに覆い被さる。そして、はあと息を吐(は)き、俺の方を見た。

「ああやって、の、覗(のぞ)いてくるのですが、しばらくすると、と、届かないと諦(あきら)め去っていきます。でも生きた心地がしません」

眠る娘を抱きしめて、ゼゼさんが上を見上げる。

「う……ううっ」

「あなた！」

降ってきた石が当たったらしく、その刺激とワイバーンの雄叫(おたけ)びのせいだろう、ガレルさんが目を覚ました。

「ゼゼ、なんだ？　明かりが？」

「あなた。グルカスさんが冒険者を助けによこしてくれたのよ」

「え、冒険ヒイィ」

目の前にいたツナデを見て、ガレルさんが悲鳴をあげる。

「ウチ、みテヒめい……シツれいナ、ヤッチャ」

ジト目になるツナデを引き寄せて、頭を撫でてなだめる。

ゼゼさんが夫にツナデのことを俺の従魔だと説明しているが、ガレルさんは奥さんと娘をひしっと抱き寄せている。ジライヤはまだ影に潜んでもらっているよ。

「ギュワアアァァ……」

またバラバラと石が落ちてくる。

『うっとうしい。フブキ、あれ倒してくる』

影に潜んだままだったジライヤがワイバーンに向かっていった。

=種族・レッサーワイバーン　MR・C　固有名・―　年齢・4歳　状態・苛立ち
亜竜系モンスター。ワイバーン種の中でも下位である。スキル《急降下》から大きな嘴で獲物を捕食したり、足の爪で捕らえ巣に運んだりすることもある。飛行については主に《飛翔》を用い、

腕の皮膜は舵取りのために使われる。その性質は凶暴で、知能は低い＝

ワイバーンじゃなくて、レッサーワイバーンだった。

上でギャオギャオと怪獣大戦争のような叫（さけ）びが聞こえたと思ったが、すぐ静かになった。

『レベルが上がりました。スキル《アイテムボックス》《パラメーター加算》《使用MP減少》《従魔契約》《意思疎通》《ナビゲーター》のレベルが上がりました。条件が満たされたことによりスキル《時間魔法》《転移魔法》――――』

延々と続くナビゲーターのコールを意識の外に持っていく。確認は後でいい。ここじゃ落ち着かない。

「立てますか？　まずは落ち着いて治療できるよう、ここから移動します」

「え、どうやってこの崖を登るのですか？　何度かやってみましたが、崩れやすく垂直で登れませんでした」

ガレルさんも足を骨折していたが、登ろうとして落ちたことで負ったものかも。

「大丈夫です。登る必要はないですから。〈空間記憶〉〈空間記憶〉〈空間、あ――」

ガラフスク村と繋ぐことのできる〈空間記憶〉の空きがなかった。えっとマップをスクロールして改めてガラフスク村に〈空間記憶〉してからじゃないと繋げられない。代わりにデッダ村のゲートがなくなるが、まあいい。

「よし、これで〈空間接続〉っと」

突然目の前にガラフスク村の風景が切り取られたように映し出される。こちらの暗さと違って、向こうは昼の明るさだ。「まぶしっ」っとガレルさんが目を背けた。

「向こうは安全ですから、移動しましょう」

俺はミルさんの《メディカルポッド》を抱え上げながら、二人を促す。

しかし、ゼゼさんは娘のビビちゃんを抱えたまま、「え？　え？　なに？　え？」と混乱したように俺とゲートを見る。

うーん、突然目の前に見たことのない風景が現れたら混乱するのもわからないでもない。

あ、そうだ。迎えにきてもらえば早いな。ルーナに念話で『ザナルさんを連れて外に出てきて』と伝えてみた。

村にある家の一つの扉が勢いよくバンッと開け放たれ、ルーナとオロチマルが飛び出してきた。

「フブキ？」

『フブキまま？』

「ひぃぃっ！」

あ、オロチマルが飛び出してきたせいで、ゼゼさんとガレルさんが悲鳴をあげた。

「大丈夫です、俺の従魔ですから――」

「ガレル！」

「兄さん！」

オロチマルの後ろからザナルさんが顔を覗かせ、座り込む弟夫婦を見つけて駆け込んできた。

「無事だったか！　よかった、心配したぞ」

「兄さん、兄さん」

抱き合い喜ぶ兄弟の邪魔はしたくはないのだが、早く移動したい。何度でも繋げられるけど、時間で接続切れるんだよ。

「ガレル、ゼゼ！」

「無事じゃったか！」

ダダンさんやグルカスさんもやってきて収拾がつかないぞ！

「移動を、先に移動をお願いします！」

思わず叫ぶと、みんなハッとしたように俺を見て、慌ててガレルさんたちに肩を貸したり支えたりしながら移動した。

「ツナデ！　ジライヤ！」

「ハイな」

『戻った』

名を呼ぶとツナデは俺の背中に飛びつき、ジライヤは《遁甲》で俺のもとに戻ってきた。

ゲートが閉じる前に移動できたよ。何度でも繋げることはできるとはいえ、通過中に時間切れになったらどうなるか試してないからな。ちょっと焦(あせ)ってしまった。

家に入り、一番奥の部屋に《メディカルポッド》を置いてから、手前の部屋にいるガレルさんたちの治療にかかる。

一通り治療を済ませたあと、まだ目覚めないビビちゃんやガレルさんたちにあげてほしくて、なんちゃって補水液やおろし金と器、それとビタンの実、離乳食もどきなどの病人食セットをルーナに渡す。すると、彼女はまかせろとばかりにビタンをすり下ろしはじめた。後を任せて俺は、奥の部屋へ移動する。

「フブキさん、それは……」

俺の後を追ってやってきたザナルさんが《メディカルポッド》を見つめている。

「中にミルさんが入っています。かなり危ない状態でしたが間に合いました」

ザナルさんはゆっくりと《メディカルポッド》に近づいて、直前でがくんと力が抜けるように膝から崩れ落ちる。

手をそっと伸ばし《メディカルポッド》に触れる。

「ミ……ル、ミル……ミル……おぉ……おぉう……すまな……」

ザナルさんを部屋に残し、扉を閉める。隙間(すきま)だらけの家の中に、ザナルさんの慟哭(どうこく)が聞こえた。

広間では、グルカスさんはじめ、みんながなんとも言えない顔をしている。

仕方ない。ダダンさんとニージェさんには、戻ってきていない家族がいるのだから。

「グルカスさん、後を頼んでいいですか。俺は龍の顎に戻って回収できそうな荷物を探してきます」

「ん、ああすまんな。フブキ」

『まま、フブキまま。ボクも行くの』

「あたしも」

外に出るとルーナとオロチマルが、今度はついていくとしがみついてきた。

「見張り、分体オイテくヨッテ、エエんちゃう？」

そう言って、ツナデが進化で手に入れたスキル《分体》を使う。

現れた分体は、ロングテイルマンキーサイズだ。

「あれ？　ツナデ？」

ルーナが分体を見て首をかしげる。だが本物は俺の後から返事をした。

「なんヤ」

「あーーーっ！　ツナデ大きくなってる！　ずるい！」

そうか。ハヌマーンになってルーナの背を追い越してしまったからな。

「ずるトチャウ、進化ヤ」

ツナデを指差し叫ぶルーナに、ふふんと胸を張って自慢げなツナデ。一応ルーナもハイビーストに進化したのだが、ツナデたち魔獣のように劇的にサイズ変更はしていない。でもちょっと大きくなったよな。

「はいはい、喧嘩するなら置いていくからな」

「ま、待って」

「オイテ、いかん、トイテーや」

繋ぎ直したゲートを、ジライヤとオロチマルが先にくぐっていく。そう言えば、オロチマルはツナデに対して思うところはないのか？　自分の方が大きいからいいのかも。

ゲートが閉じて真っ暗になる前に、ツナデがライトをいくつか打ち上げた。

さっきは光量を絞っていたが、今度は十分な明るさがあるので色々見えた。

あちこちに散らばっているのは荷物だけではない。ミルさんがガレルさんたちと同じ場所に落ちたのは幸運としか言えない。

ゼゼさんたちがミルさんの応急手当てをしたり、水を与えたりしていなければ、とても助からなかっただろう。そんなことを考えながら誰の荷物かわからないが、そこにあった背負い袋を持ち上げる。

ワイバーンの爪で裂かれたのか、持ち上げた途端に袋の破れたところから、中身がバラバラと散らばった。

ルーナたちもガレルさんたちの荷物と思えるようなものや、比較的新しそうなものを集めてくれたので〈空間遮断〉でひとまとめにして《アイテムボックス》に収納する。

多分ガレルさんたちのものじゃない荷物もあるだろうけど。

そして次に、散らばる骨を《鑑定》する。

獣族だけではなく、人族やモンスターの骨もあった。龍の顎はワイバーンの狩場なのかもしれない。食い散らされたものが崖から落ちたのだろう。

ここにあるものは、どれも白骨化具合から最近のものではない。グルカスさんたち以外にもここを越えようとした獣族がいたと思われる。

フェスカ神聖王国の話を聞く限り、グルカスさんたちが最後でもないだろう。

俺は《サーチ》の設定を変更する。犬獣族と猫獣族、熊獣族（くまじゅうぞく）に鼬獣族（いたちじゅうぞく）の肉体を黒で表示させた。骨のみだと除外される。

すると、十メートルほど離れた場所に反応があった。今いるクレバスではなく、斜め上方向の別のクレバスのようだ。

一旦上に上がるのも大変なので、目的の場所まで〈穴掘り〉でトンネルを掘っていく。崩れやすい岩肌を《錬金術》の〈硬化〉で固めた。

トンネルが開通すると、鉄気を含んだ生臭いにおいが増した。

そこにあった犬獣族の遺体は、右脇下から左腰にかけて斜めに裂かれていた。

胴から下はワイバーンに食いちぎられたのだろう、血にまみれた遺体に〈浄化（ピュリファイ）〉をかける。

シーツを〈複製（デュプリケイト）〉して遺体を包もうとしたとき、右手に握られた折れたナイフが引っかかった。

固く握り締（し）められたままのナイフを、そのまま一緒に包む。生気を失い青白くやつれたその顔は、ダダンさんの息子のキリクさんとよく似ている気がした。

丁寧に包んで《アイテムボックス》に収納する。近くに他に黒点の反応はない。だがマップの端に新たな橙と臙脂色の光点が現れ、こちらに向かっているのか徐々に近づいてきた。

「ワイバーンがこっちに向かってきているようだ。上がるぞ」

こちらは、ミルさんたちが落ちた場所より浅めで隙間も広い。オロチマルも翼を広げて十分飛び上がれる幅がある。

「先に登るね」

ルーナはそう言うと、左右の壁を交互に蹴りながら登っていった。アクションゲームでよくある壁登りだ。リアルでできる身体能力がすごい。だが、蹴り上げるたびに岩肌が崩れて降ってくる。

俺もやってみるかな。

「ムリせんで、エエやン」

なぜ俺の考えてたことがわかった？　口に出してなかったよな。

ツナデが背に飛びついてきたと思ったら、目の前が崖上の空中に変わった。進化で《空間跳躍》のレベルが上がっていたので、俺を連れてもスムーズな移動になっている。俺の方も慣れたのか、最初のような眩暈もない。

落下する前に〈空間固定〉で足場を作って三段跳びのようにしつつ道へ降り立つ。足元にジライヤも現れた。

「屋根が邪魔かな、上で迎え撃とう」

龍の顎の上顎を見上げてそう提案する。俺は背中にツナデをしがみつかせたまま飛び上がる。ルーナを背に乗せたジライヤがすぐ後に続き、少し遅れてオロチマルも追いかけてきた。全員顎の上に出て、ワイバーンを迎え撃つ体勢が整った。

「サクッと退治しようか」

「うん」

「エエで」

『わかった』

『ボク、がんばるよ』

見上げると、四匹のレッサーワイバーンと一匹のワイバーンが俺たちに向かって飛んできた。

じゃあ、ワイバーン狩りといきますか。

「あ、もし逃げ出そうとしたやつがいたら一匹逃がそう。巣の場所まで案内してもらおうな。追いかけるのはジライヤに頼もう」

=種族・ワイバーン　MR・C　固有名・―　年齢・4歳　状態・苛立ち

亜竜系モンスター。スキル《急降下》や《強襲》で獲物に襲いかかる。ワイバーン種は巣に食料を貯めることがある。飛行にはスキル《飛行》を用い、皮膜には翼としての機能はない。下位種で

あるレッサーワイバーンを従える。その性質は凶暴で、知能は低い＝

レッサーワイバーンはMR・Cだったので、ワイバーンはMR・Bかなと思ったが、こっちもCだった。しかしランクは同じでも、Dに近いかBに近いかで、強さに差は出る。

そしてうちは、ジライヤとツナデがランクAなのである。まあランクだけが強さの全てではない。実は、鑑定にあるモンスターランクは生命力の強さみたいなものだ。

先制攻撃はこちらからだ。最初にジライヤが《空中機動》で上空に飛び上がり《咆哮》をお見舞いする。三匹のレッサーワイバーンが一瞬ビクッと身体を震わせ硬直する。墜落するかと思ったが、すぐに体勢を立て直した。右端のレッサーワイバーン一匹と後方のワイバーンには《咆哮》の効果がなかった。だがそこに、ワイバーンより上空に飛び上がったオロチマルが「ピャァァーー」っと《ファイヤーブレス》を吐いた。

ツナデが〈ストーンランス〉、ルーナが〈サンダーランス〉を何本も同時に放つ。俺は〈シャドウクラウド〉でレッサーワイバーンの視界を奪う。

ワイバーン自体火耐性があるようで、オロチマルの《ファイヤーブレス》は効果がなかった。だが、ツナデの〈ストーンランス〉に皮膜を破かれた一匹とルーナの〈サンダーランス〉に感電した一匹が墜落した。

岩壁を崩しながら落ちたレッサーワイバーンに、俺とジライヤがそれぞれ攻撃をする。

俺は魔力を流し込んだククリで首をはねようと振り抜くも、踏み込みが浅く一気に斬り落とせなかった。手首を捻り魔力を流し込みつつ、強引にそのまま下から斬りあげた。

『レベルが上がりました。ジライヤのレベルが上がりま――』

ナビゲーターのレベルアップコールを思考の片隅に追いやりながら、もう一匹の落ちたレッサーワイバーンを振り返る。ジライヤがレッサーワイバーンの首に噛みつき、頭をブルンと振ると、ボギャッとあり得なさげな音を立てて首の骨が折れた。

長々と続くナビゲーターのコールをＢＧＭに、上をふり仰ぐと、ワイバーンがブレスの溜め行動に入っていた。

オロチマルの火炎放射のようなブレスと違って、ワイバーンのブレスは大きく開けた口の前に火の玉を作り出してから打ち出すタイプのようだ。

開けた口に向かってルーナがナイフを投げたが、ブレスの高熱でジュワッと一瞬で溶けた。

あれはさすがに喰らうとやばいな。だが、溜め中のワイバーンのさらに上へと昇っていたオロチマルが《強襲》で突っ込んだ。

「グギャ！」

顔面にオロチマルの蹴りを喰らってバランスを崩したワイバーンのブレスは、あさっての方向に飛んでいった。

「いいぞ、オロチマル」

体勢を立て直す隙を与えず攻撃しようとしたジライヤとワイバーンの間に、レッサーワイバーンが割り込む。ジライヤの《爪連撃》は、ワイバーンではなくレッサーワイバーンの首を切り落とすことになった。

ルーナめがけて急降下しようとしていた別のレッサーワイバーンに、ツナデの《蔓》が一度に二十本ほど絡みつく。なんだか数が増えてるんですが、進化で効果が上がっている？

引きずり落とされたレッサーワイバーンを見てか、最後に残ったワイバーンが踵を返して逃げ出した。

『待て〜』

「オロチマル、追いかけなくていいから！」

すっかり指示を忘れているオロチマルを引き止め、ツナデに搦め捕られたレッサーワイバーンを見る。すると、上に乗ったルーナが両手のナイフを首に突き刺し、「〈サンダー〉」とナイフから《雷魔法》をお見舞いしていた。

『ジライヤのレベルが上がりました。ツナデのレベルが上がりました。オロチマルのレベルが上がりました。オロチマルの進化先が解放されました。ルーナのレベルが上がりました』

さすがＭＲ・Ｃのレッサーワイバーンを四匹も倒すと、レベルアップが激しいな。

オロチマルが俺の横に降りてきたので頭を撫でつつ、みんなに怪我がないか見回す。

「あれ、ジライヤ？」

「おいかけ、テッタデ」

逃して巣の場所を突き止めるって、あらかじめ言っていたから、そのまま追いかけていってくれたか。こういう隠密行動はオロチマルじゃ無理だからね。

ルーナが少し離れたところのレッサーワイバーンを引きずってきたので《アイテムボックス》に収納していく。

先にジライヤが倒したレッサーワイバーンも、街道に放置していたので、それも収納した。

「ワイバーンって、レッサーでも素材として高額取引されるだろうから、解体は後回しで全部持って帰ろうか。逃げたワイバーンを追いかけるのはジライヤに任せて、一旦ガラフスク村に戻ろう」

ジライヤには、巣を見つけたらそこで隠れて待機してくれるように念話で伝え、俺たちはクレバスの底に降りていった。《空間記憶》したの、クレバスの底だったからな。


ガラフスク村に戻ると、ダダンさんとニージェさんが外にいた。見張り役を買って出たようで、手には弓を持っていた。

「ニージェさん、こっちは変わりないですか」

「フブキさん、お帰りなさい。こちらにはモンスターの襲来はありません」

ダダンさんもこちらに向かって走ってきた。

「ダダンさん。奥さんと息子さんたちは？」

「中で休んでますが」

本人たちも助け出されたばかりだし、まずはダダンさんだけでもいいか。

俺はシーツに包んだ遺体を《アイテムボックス》から取り出した。

「確認してもらえますか？　龍の顎の崖下、クレバスの一つで見つけました」

そっと下に下ろし、シーツをめくる。

「「!!」」

ダダンさんとニージェさんは息を呑んだ。だが、ダダンさんだけが手を伸ばした。

「……息子、です。カリク……カリクです」

「龍の顎の下の崖はクレバスが複雑で、他は見つけられませんでした。すみません」

ダダンさんはカリクさんの顔を何度も撫でる。

「エルナが……娘が教えて、くれました。自分たちを逃がすために……カリクがワイバーンに向かっていったと……一部だけでも見つかっただけで……」

それ以上は、押し殺した嗚咽で言葉を詰まらせた。

「ここは墓を作るには向きません。みんなでヴァンカに移動しましょう」

「……ええ」

ダダンさんはカリクさんを丁寧に包み直し、赤子を抱きかかえるように抱きしめた。

家の中に入ると、みんなが集まってきて状況を聞きたがった。ウォルローフ先生にも報告したいので、一度ヴァンカのウォルローフ先生の屋敷へ戻ることにした。

ここで待っていても、自力でこられる人はもういないだろうから。

ミルさんの《メディカルポッド》を大八車に乗せ、目を覚ましたビビちゃんと貧血が治っていないガレルさん、キリクさんも座らせた。

ジライヤは不在なので、オロチマルに大八車を引いてもらう。短距離だから大丈夫だろう。

さっきの〈空間記憶〉でここと屋敷前のゲートが消失してしまった。ガラフスク村に新しく〈空間記憶〉をして、一つ残っていた屋敷前の〈空間記憶〉とを繋ぐ。これも次に〈空間記憶〉を使ったら使えなくなる。

「〈空間接続〉」

大八車があるから今回は横幅広めに設定した。縦二メートル横三メートルの空間にウォルローフ先生の屋敷が映し出されると、まだ慣れないメンバーがざわついた。

最初にルーナが、その後ろを慣れたグルカスさん、そしてニージェさんに連れられてラージェとミファが少し毛を逆立てて、おそるおそる通っていく。

大八車に乗っている家族を気にしてか、動かないザナルさん一家とダダンさん一家。

「オロチマル、ゆっくり行こうか」

『はーい、ボク引っ張るよ～』

俺は後ろから大八車を押していく。動き出した大八車に添うようにザナルさん一家とダダンさん一家がゲートを通過した。

あっという間に数百キロメートル以上離れた場所に移動してるのだが、距離についてはみんなわかってないと思う。

先に通ったルーナたちが知らせたのだろう、ウォルローフ先生とメイミーさんが迎えに出てきたので、グルカスさんがザッと人数と誰の家族かを説明した。

「一階の空きは一人部屋だけじゃ。三階にも部屋はあるが、ここ二十年ほど使っておらんから。メイミー、どうじゃ？」

「あらあら、旦那様。ちょうどフブキさんたちがお掃除してくださったところです。大丈夫ですよ」

メイミーさんに三階の掃除はどちらでもいいと言われたが、やっておいてよかった。

騒ぎを聞きつけ、ムガルや母親のローニさん、ニージェさんの奥さんのアレアさんも出てきたので、メイミーさんはみんなを家族のいる部屋に一旦案内することになり、屋敷に戻っていった。

ミルさんのメディカルポッドは、ルーナとグルカスさんが二人で運んでくれた。

グルカスさんはドワーフで力があるのはわかる。一方、小学一年生くらいのルーナが力持ちなのは、俺的には不思議なのだけど、種族特性やステータスのあるこのグラゼアでは、そう驚くことではないのかな？　あ、でもちょっとガレルさんたちは驚いてる。

オロチマルのハーネスを外し、大八車を片付けながら、屋敷に入っていくみんなを見送る。

うーん、一応部屋数は足りそうなのか？

「ウォルローフ先生、念のためログハウスを何軒か建てておきますか？　俺の家より一回り小さいから、不要なら解体し移築するのも簡単だと思う。いらなきゃ木材にして売ってもいいし」

建てるといってもまるっとコピーだがな。

「頼んでいいのか？」

色々スキルを使いまくったし、今更だ。それに、ウォルローフ先生とメイミーさん以外は、どこに何が建っていたかなんてわからないだろう。

ウォルローフ先生は俺のユニークスキルのことを気遣ってくれただろうけど、もう《メディカルポッド》とか《空間魔法》とか見せまくったしな。

先生の屋敷の西側、森側の畑の向こうに建てるか。あそこなら屋敷から見えにくい。森に近いけど、一応塔の効果範囲だから、ここの森にモンスターは出ないし。

「じゃあちょっと待っててください。ツナデ、手伝ってくれ」

「エエよ」

背中におぶさってきたツナデと一緒に、畑の横を通って森側に出る。

屋敷に連れてきたのは、ネッサさん、ムガル、ザナルさん、ダダンさん、ニージェさんの五家族。ザナルさんのところみたいに弟さんと二世帯のところもあるけど。ネッサさんのところは多分このまま先生のところで働きそうだし、他にも屋敷に住み込む世帯があるだろうから、二軒もあれば十分かな。

「ツナデ、ここから向こうの木のあたりまで地面を平らにして、これくらいの厚さの石で覆うことってできるか？」

手でだいたい五十センチほどの厚さを示してみせる。

「リョウかイや」

ツナデは俺の背から降りると地面に両手をついた。すると、ゴゴゴと振動が足元から伝わってくるとともに、多少の高低差があった土が動き出して更地になった。そして、手のついたところから表面が滑らかな石に変わっていく。

俺はツナデがならした地面の上に間を三メートルほど開け、二軒のログハウスを設置した。

改装前のログハウスだからトイレと風呂がないんだが、そのあたりは各自でなんとかしてもらおう。そこだけ屋敷の設備を使わせてもらってもいいし。

チャチャのためにと家をコピーしたとき、俺の種族レベルは24だった。今日一日でオークやらワイバーンやらを大量に倒して、現在はレベル33だ。

そしてレベル24では九桁だったＨＰとＭＰは、レベルアップで十二桁となった。

だからか、ログハウス複製しても眩暈はしなかった。今なら船も平気かも。

『スキル《コピー》のレベルが上がりました』

さすがに大物のログハウスを二軒も出したせいか、スキルがレベルアップした。スキルによって必要経験値にはかなり差がある。《コピー》って、レベル３以降はなかなか上がらないなと思っていた。一番使ってると思うんだが。

「フブキ、大丈夫なんか？」

「ああ、大丈夫だよ」

考え込んでいたら、ツナデが具合が悪いと思ったのか、心配そうに俺を仰ぎ見る。

両手を広げて大丈夫だと、どこの欧米人かというジェスチャーをしてみせると跳(と)びついてきたので、抱っこする形になった。

あ～、何だか大きくなっちゃったなあ。俺の懐(ふところ)に入れるくらいに小さかったツナデ。

サラサラになった毛並みを撫(な)でつつ、もう子供サイズじゃないのでこれは他人から見たら通報案件かも、なんて考えながら、ウォルローフ先生といつの間にか戻ってきていたグルカスさんがいるところに歩いていった。

え～っと、ウォルローフ先生どうしましたか？　口をポカンとあけて。

「いや、フブキだし、今更か」

グルカスさんも何ですか、その諦(あきら)めたように肩をすくめて首を振るのは。あなたも欧米人ですか？

「まあ、何じゃ。こう見えて、色々優秀な冒険者だぞ？」

ウォルローフ先生、なぜ疑問系ですか？　でも俺まだ五級冒険者なんで、冒険者としては中堅ですよ。

「あ、ウォルローフ先生。ログハウスにはベッドとか足りないんで」

「……ああ。三階にある分は使ってないから好きにしてくれてかまわん」

そんな会話をしていたら、いつの間にか戻ってきていたメイミーさんが、ウォルローフ先生の肩をたたく。

「旦那様、お茶をご用意してますので、中でお話しなさっては？　みなさんは家族と再会中ですけど」

メイミーさんの提案で、一旦屋敷で家族単位での時間を作ることになった。

俺たちはダイニングへと移動する。ここにいるのはウォルローフ先生とグルカスさん、ルーナと俺とツナデにオロチマル。ジライヤがいないから、オロチマルだけで外でってわけにいかないのだ。

クルサさんがお茶を運んでくれた。俺はお茶を飲み終わってから告げる。

「ウォルローフ先生、グルカスさん。俺たちは今から龍の顎に戻って、ワイバーンの巣を潰してこようと思います。日暮れには戻りますから」

そう言って立ち上がると、ルーナもお茶を飲み干して立ち上がる。

「な、何じゃと？」

「ワイバーンの巣に？　正気か！」

二人してお茶を吹き出す。

ダイニングルームの端に行き、回収した荷物を《アイテムボックス》からとり出しながら話を続ける。ワイバーンは〝巣に食料を貯める〟らしい。もしかしたら遺体を回収できるかもしれない。

「ジライヤに巣の場所を突き止めるように指示してます。ここは距離が離れすぎて念話が届きませんが、もうワイバーンの巣を見つけている頃だと思います」

「しかし、ワイバーンじゃぞ？」

「すでにレッサーワイバーンですが五匹ほど倒しましたから、あと何匹くらいいるかわかりませんけど、問題ないですよ」

ワイバーンの巣に行く前にオロチマルが進化するしね。

ウォルローフ先生よりグルカスさんの視線が痛い。

ウォルローフ先生は俺が加護持ちだって知ってるけど、グルカスさんは知らないからな。先生もそれを勝手に打ち明けるつもりはないようだ。

「ワイバーンの討伐の依頼金までは無理じゃぞ。そんな依頼は冒険者ギルドにも出ておらんはずじゃ」

グルカスさんの言葉に、思案顔のウォルローフ先生が言う。

「……討伐依頼はなくとも、素材の買い取りはするじゃろう。あれの皮や肝臓なんかは高額で取引される」

「もともとウォルローフ先生の依頼の報酬は〝情報〟ですから、金銭は冒険者ギルドで素材を売って手に入れますよ」

俺が《アイテムボックス》持ちなのを知っているのは、ウォルローフ先生だけだ。グルカスさんには教えてないが、もうバレてるだろう。さすがにマジックバッグにレッサーワイバーン五匹は入らないし、今だって次々荷物を出して並べてるからな。

少し考え込んでから、ウォルローフ先生は真面目な顔で俺を見る。

「……すまんな」

先生は自分たちだけフェスカを出奔したせいで、獣族に負い目を感じてるのだろうか？

でもウォルローフ先生個人の責任じゃなくて、国家間の問題だと思う。どういう経緯でトンネルを塞ぐことになったかは知らないけど、そこにあったのは個人ではなく国家の思惑だと思うのだ。

ワイバーンに関しては、ウォルローフ先生から何かをもらうつもりはない。

乗りかかった船というか、ここまで関わって知らん顔はできないし、したくないんだよ。

それに、ウォルローフ先生のおかげでこの国とかフェスカ神聖王国の状況とか随分わかったし、何よりフェスティリカ神にも会えたしね。

あと、ワイバーンの巣を潰したら、龍の顎が今よりも通りやすくなるんじゃないだろうか。なったらいいかなと俺は思う。

行き来しやすくなったら、フェスカ側が攻めてくるかもと考えたけど、あの道幅じゃ軍隊とかは通りにくいよね。

荷物を出し終わり、ウォルローフ先生に向き直る。

「じゃあ、行ってきます」

「無事に帰ってくるんじゃぞ」

「だいじょうぶ、フブキ一人じゃないもん」

ウォルローフ先生の言葉に、ルーナが笑顔で返す。

俺は、ルーナとツナデとオロチマル――仲間だけでダイニングルームを出る。ウォルローフ先生とグルカスさんは今後のことで話し合うそうだ。

「チャチャに、夕飯までに、帰るって、伝えといたで」

お茶してる間に、ツナデはチャチャのところに《分体》をメッセンジャーとして派遣したそうだ。

《分体》はロングテイルマンキーサイズだ。ほんの少し前までツナデはこのサイズだったんだよな。

ツナデの喋(しゃべ)りがかなりスムーズになってきた。ワイバーン戦でレベルもあっという間に10を超えたしな。


さて、屋敷前に新たに二箇所ほど〈空間記憶〉をしておく。ここは断絶の山脈から離れすぎていて、マップから再指定できないからな。

今ので、ここととガラフスク村跡と繋ぐゲートが消失してしまった。オークの巣とか色々繋いでたからな。仕方ない。マップのスクロールではガラフスク村跡まで届かないので、一度デッダ村を中継する形になる。

一つの〈空間記憶〉が一箇所としか繋げられないっていうのが不便だな。

屋敷前からデッダ村に、デッダ村から龍の顎のクレバスの底へ移動した。

『フブキ。ワイバーンの巣見つけた』

『ありがとう、ジライヤ。悪いけどもう少しそこで待ってて。オロチマルの進化を済ませてから行くから』

『わかった』

移動した途端、ジライヤから念話が届いた。

ワイバーンやレッサーワイバーンは経験値が多いから、オロチマルの進化を先に済ませておこう。

オロチマルの進化先は……

【進化先】■クルカン
■アジダハーカ

あれ、進化先は二つのままなのか？　ジライヤとツナデは三つあったのに。違いといえばジライヤとツナデはＭＲ・Ｅから進化していったけど、オロチマルはＭＲ・Ｄからだったってことくらいか。それとも別の理由？

『イエス、マスター。進化先は辿(たど)ってきた経路が関係します。マスターの考えで正解です』

そうなんだ。

しかしこの進化先、クルカンって何だろ？　ククルカンなら知ってる。マヤ神話の神様だよね。

『イエス、マスター。クルカンはＭＲ・Ａのモンスターで、ＭＲ・Ｓのククルカンの下位種になります。マヤ神話の神とは似て非なるモンスターです。クルカンは全身が羽毛で覆われており、獅子の下肢、鰐の尾を持つ石化鳥系モンスターです』

オロチマルの脚は太いけど鳥の脚だな。それが獅子の脚になるのか。尾は鰐ってことは鰐の顔が？

『いいえ、顔ではなく尾です』

じゃあ、今の蛇の頭じゃなくなるんだ。

思わず蛇の頭を撫でてしまった。コカトリスになって結構凶悪な表情に変わったんだけど、やっぱりこっちは食べたりとかしなかったな。

アジダハーカも、どこかの神話か何かに出てくるモンスターだったような？　ゲームとかにも出てきた覚えがある。

こっちも〝似て非なる〟ってやつか。

『イエス、マスター。アジダハーカはＭＲ・Ａの鷲の翼と蜥蜴の身体を持つ双頭の石化蜥蜴系モンスターです』

あ、ここでも双頭がきた。アジダハーカはバジリスク系なのか。

これは悩むまでもないかな。

ここはクルカン一択だと思うが、オロチマルに一応確認する。

「オロチマル。また進化できるようになったんだが、力の強い蜥蜴になることもできるぞ」

『や！　フカフカの方がいいの』

だろうな。俺もだよ。俺はオロチマルのスカーフと尻尾のリボンを外す。なんとなく蛇頭を撫でながら「今までありがとな、お疲れさん」とねぎらってみた。ふるふると頭（いや、尾か）が揺れた。

『フブキまま、こしょばゆい』

ありゃ？　動かしているのはオロチマルか。まあオロチマルの尻尾だしな。

「それじゃあ〈クルカンに進化〉」

オロチマルの身体が光に包まれ、グワッと膨張した。

光が収まったそこには、俺の身長をすっかり超えてしまったオロチマルがいた。

全体のフォルムは大きく変化は……あるな。

クジャクの尾羽のような、先が丸くなった形をした冠羽が、三本ピンとはねている。色も単一ではなく、根元から先に向かって黄色から緑、そして青と変わるグラデーションが綺麗だ。

翼の羽の方も、一部先端に向かって青色に変わっているところがある。パッと見て羽自体は単色だが、角度によって羽の色が変化して見えるようだ。

身体も随分たくましい感じだ。脚は二本だな。獅子の脚と聞いて、グリフォンのような四つ脚を想像したが、二本のままだ。ただ、バランス的にコカトリスの頃より脚が短いのかな。脚の毛はよく見るとダウンみたいな綿毛で、ところどころにスモールフェザーのような羽が生えていてふかふ

かだ。

脚は獅子の脚だけあって太く筋肉質で、コカトリスのときのような鳥類の足でなくなったのがちょっと違和感。片足を上げて見せてもらうと、肉球らしきものがあった。プニプニと押してみたら、にゅっと爪が出てきた。この爪は俺の指よりも長い。

そして、尾は根元が太く若干平べったい。鰐だけあって表面は硬く、上にトゲトゲが三列生えている。

そして先が細くなっているが、返しのついた槍のようというか、尖ったスペードの形をしている。この尾を振り回して当てたら、結構な威力になりそうだな。

『フブキまま、ボク大きくなったよ。ままを乗せて飛べるよ』

頭をこすりつけてスリスリしてきたが、以前と違って力を加減できている。進化でこんなところも成長したか。

俺はスカーフを首に結んでやりながら、オロチマルのステータスを確認した。

名前・オロチマル　年齢・0歳　種族・クルカン
レベル・1　職業・フブキの眷属
ＨＰ　５４００／７２００（６０００＋１２００）
ＭＰ　３８２０／６０００（５０００＋１０００）

STR（筋　力）4800（4000+800）
DEF（防御力）3600（3000+600）
VIT（生命力）3600（3000+600）
DEX（器用さ）3600（3000+600）
AGI（敏捷性）3600（3000+600）
MND（精神力）2400（2000+400）
INT（知　力）2400（2000+400）
LUK（幸　運）2400（2000+400）

ジライヤが力タイプ、ツナデが魔法タイプとしたら、オロチマルは中間タイプだよな。

STRはジライヤだけでなく、とうとうオロチマルにも抜かれた。人間の俺とMR・Aのモンスターと比べちゃダメだよな。

オロチマルも眷属になったことで、俺の《従魔パラメーター加算》効果がなくなってしまった。


【祝福スキル】《恩恵LVMAX》

【称号スキル】《言語理解LV2↓3》《パラメーター加算LV1↓2》

《取得経験値補正LV1↓2》

【職業スキル】《意思疎通LV2↓3》《取得経験値シェアLVMAX》
【補助スキル】《叫声LV4↓5》《跳躍LV5↓6》《強襲LV5↓6》
《飛行〈NEW〉LV5》《消音LV3↓4》
【戦闘スキル】《状態異常ブレスLV5↓6》《ファイヤーブレスLV4↓5》
《サンダーブレス〈NEW〉LV3》《毒の爪〈NEW〉LV5》
《烈脚LV4↓5》《振り回し〈NEW〉LV1》
【魔法スキル】《風魔法LV5↓6》《火魔法LV6↓7》《治療魔法LV4↓5》
《雷魔法〈NEW〉LV3》
【耐性スキル】《状態異常耐性LV4↓5》《物理耐性LV2↓3》《魔法耐性LV2↓3》
《疼痛耐性LV2↓3》
【ユニークスキル】《変幻〈NEW〉LV3》
【祝福】《フェスティリカ神の祝福》
【称号】《異世界より召喚されし者の眷属》

スキル《飛翔》がなくなり《飛行》に変わっている。《飛行》は長距離を飛べるんだったか。
ブレスと魔法に雷系が増えた。そして蛇頭がなくなったことで《毒の牙》がなくなったが、代わりなのか《毒の爪》がある。

ユニークスキルは《擬態》が上位スキルの《変幻》になったようだ。《変幻》は視界に捉えたものの見た目の姿を写しとる。そう言われるとツナデの《シェイプチェンジ》と同じように思えるが、大きく違うのは《変幻》はあくまで〝目に見える姿〟を変えるもの。実際のオロチマルの身体は形を変えていないので、見えるけど触れられないとか、見えないけど触れられる部分があることになる。視覚と実際の形容に齟齬(そご)があるのだ。効果時間はツナデの《シェイプチェンジ》より長い。そりゃあそうか。

二つ目を得ず、上位互換に変わるというのもオロチマルだけか。

新しいスキルのお試しは後にして、ワイバーンの巣へ移動する。ジライヤが待っているしな。

進化してすぐに戦闘になるのは申し訳ないけど、サクッとワイバーン戦を終わらせたい。

俺はマップをスクロールしてジライヤの位置を探す。んん、思っていたよりも遠いな。すぐ近くに巣があると思ったんだが、龍の顎から北東方向に五十キロメートルほど離れた山の頂上付近にジライヤの光点があった。

鳥でも速いやつは時速二百キロとかで飛ぶんだよな。ワイバーンってどれくらいだろ?

『イエス、マスター。先ほどのワイバーンが逃走する際、最高時速百四十キロメートルほどでした。レッサーワイバーンはこれより劣ると思われます』

マップの光点の移動速度から換算したそうだ。

五十キロほど離れていても二十分ちょいで移動できるのか。ジライヤよくついていけたな。

『イエス、マスター。ジライヤは影に沈むことで、その影の速度で移動できます』

ジライヤの速度ではなく、影の速度で移動できるわけか。便利だな。

「よし、ここととジライヤのいる場所を〈空間指定〉して〈空間接続〉っと」

『スキル《空間魔法》のレベルが上がりました』

ありがたい。記憶可能数が二十に増えたから、使えなくなるゲートが減る。記憶が十箇所ってことは、ゲートは五つだったもんな。

『イエス、マスター。レベルアップにより数の増加だけでなく、接続対象が一箇所限定ではなく複数の記憶箇所と接続可能になりました』

これは嬉しいな。同じ場所にいくつも記憶しなくて済む。

繋がった先は山脈のひときわ高い岳で、直径一キロメートルほどのすり鉢状になっているカルデラの外縁部だった。

『フブキ』

「お待たせ、ジライヤ。ありがとうな」

追いかけてくれたジライヤをねぎらいつつ、首回りをわしゃわしゃと揉みまくった。

『む、オロチマルが大きくなっている』

後ろをついてきたオロチマルを見て、ジライヤがむくむくっと巨大化した。

「ジライヤ、普通でいいから。無理に大きくならなくても、ジライヤが一番強いんだから」

実際ＳＴＲ、ＤＥＦ、ＶＩＴの数値はダントツトップだ。

俺の言葉に納得したのか、シュルシュルと縮むジライヤ。それでも牛サイズだけどな。

さて、落ち着いてワイバーンの巣を確認しよう。

頂上より少し低い位置に二段のカルデラがあり、深いところは水が溜(た)まって湖のようになっている。よく見ると一段目に横穴があり、巣になっているのか、出入りし水を飲むレッサーワイバーンが見えた。

そう深い洞窟のようではない。奥行きは三十メートルほどか。穴自体が大きいので、奥までそこそこ光が届きそうだ。

ワイバーンとレッサーワイバーンを黒色指定してサーチをすると、四、五……七匹いる。んん、少し反応が違うのが三つある。あ、卵か。巣の中で卵を温めてるのか。

縮尺が小さくて光点が重なっているが、まあいい。

外に出ているレッサーワイバーン二匹と穴の手前に一匹。奥にワイバーンが二匹、このうち一匹が卵を温めている雌(メス)かもしれない。逃げたワイバーンはこの奥にいるもう一匹の方だな。

「穴の入り口にいるレッサーワイバーンの横にゲートを繋ぐから、外のレッサーワイバーンをオロチマルとツナデに任せる。穴の手前にいるレッサーワイバーンをルーナとジライヤで、俺は奥のワイバーンを倒す」

穴の中では飛べないだろうから、外に逃さないように気をつけよう。

外の二匹のレッサーワイバーンは飛んだとしても、飛べるオロチマルと《空間跳躍》で空中移動できるツナデなら問題ないだろう。

穴の手前のレッサーワイバーンは、《瞬脚》と《空中起動》のあるジライヤとルーナなら逃げられる心配はないと思う。

そして、俺は《縮地》で一気に最奥へ行けばいい。

俺はもう一本ククリを〈複製〉して両手に持つ。ゴブリンの錆びたナイフ以来の双剣スタイルだ。

同じくルーナも両手にナイフを握った。

「それじゃあ行くぞ。〈空間記憶〉〈空間接続〉」

全員の顔を見回してから、穴の入り口にゲートを繋いだ。


一斉にターゲットに向かって散らばる。俺は《縮地》で巣穴にいるワイバーンの前まで移動すると、おもいっきり跳び上がった。

突然の侵入者に手前のワイバーンが立ち上がり、威嚇の叫びをあげようと口を開きかける。

だが吠えるより早く、俺はワイバーンの下顎を蹴り上げた。

「グギャッ」と悲鳴のようなつぶれた声をあげながら、蹴りの威力で頭をのけぞらして喉を晒す。

蹴りを入れたことで俺の身体は上昇の勢いが殺され、その場所に滞空する。時間としては一秒もなく、落下する前に〈空間固定〉で足場を作り出し、再度喉をめがけて飛び上がりつつ、両手のククリに魔力を通した。

俺の目前に間抜けに晒されたワイバーンの喉に向かって、左右のククリをクロスに振り下ろす。一太刀で斬り落とせなかったが、二太刀目でワイバーンの首が飛んだ。

『スキル《剣術》のレベルが上がり――』

戦闘中なのでナビゲーターのコールを意識外に置きながら、頭を失ったワイバーンを踏み台にして、奥にいる二匹目のワイバーンに向かって跳躍する。

二匹目のワイバーンは後ろで巣に座っていたため、目の前のワイバーンが倒されてもすぐに立ち上がれなかった。

『レベルが上がりました。ジライヤのレベルが上がり――』

頭部をなくし血を噴き上げているワイバーンは、俺の踏み台になったせいでゆっくり前のめりに倒れていく。二匹目のワイバーンは、倒れゆくワイバーンではなく俺を睨みつける。

『オロチマルのレベルが上がりました。オロチマルの――』

ワイバーンの胸元に突っ込む形になったので、身体を空中で捻って蹴りを繰り出す。まるでサマーソルトキックのように身体が回転しながら顎に命中した。

『ツナデのレベルが上がりました。オロチマルの――』

再度〈空間固定〉で足場を作り出し、サマーソルトキックを喰らって体勢を崩したワイバーンの喉に向かって飛び上がる。

「うぉりゃあぁぁっ！」

『ルーナのレベルが上がりました。スキル《格闘術》の――』

両手のククリがワイバーンの首を刈り飛ばす。ワイバーンの頭部を踏み台にして背後に飛びすさり、返り血を避けて無事着地し、穴の出口を振り返った。

見えたのは、ツナデを背に乗せて飛び込んでくるオロチマルと、巨大化してレッサーワイバーンにのしかかるジライヤ。そして、ジライヤに押さえつけられたレッサーワイバーンの喉めがけ、雷を纏わせたナイフを振るうルーナの姿だ。

「ギャオォォ……」

ジライヤに押さえつけられたレッサーワイバーンは、最後に一声叫んで倒れ込んだ。

ここまでの所要時間……多分一分経ってないかも。

『オロチマルのレベルが上がりました。ルーナのレベルが上がりました。オロチマルのレベルが上がりました。ジライヤの――』

戦闘中、ずっとナビゲーターのコールが途切れなかったけど、まだ終わらない。種族レベルアップ以外に、スキルレベルアップも交じっていた気がするが、確認は後回しだ。

戦闘終了を確認するためにマップを表示すると、この巣穴の中にいくつかの生命反応があった。

「んん！　この反応、卵だけじゃない？」

外から確認したときは、ワイバーンの卵だけだと思っていた。だが光点は重なっていて、点滅しながら獣族を示すそれもあった。マップの縮尺を拡大しつつ、邪魔なワイバーンを収納しよう。

ワイバーンの卵は、俺の手が回るか回らないかくらいの大きさだ。結構でかい卵が三つ……その向こうに点滅の反応、灰色の点が多くてわかりにくい。

邪魔なワイバーンの死体を収納すると、そこに死体の山があった。

それは人間だけでなく、オークやコボルト、見たことのないモンスターなど様々だった。

点滅反応は……鼬獣族⁉

俺は慌てて死体の山を崩していく。

「どうしたの、フブキ？」

ルーナが駆け寄ってきた。

「ここに、この山の中に生きてる鼬獣族がいるんだ‼」

俺の言葉に、ルーナだけでなくツナデたちも魔物の死体を引きずり、山を崩していく。

『フブキ！』

ジライヤが俺を呼んだ。見ると、鼬獣族の服の肩のあたりを咥えて、山の中から引きずり出していた。ツナデとオロチマルが上の死体をどけていく。

「〈マックスヒール〉〈マキシマムキュア〉〈ハイキュアディシーズ〉！」

『スキル《治療術》のレベルが上がりました』

鑑定よりも先に《回復術》と《治療術》をかけた。そして、頬を軽く叩いて覚醒を促す。

「わかりますか？　グドさんですか？」

見つかっていない鼬獣族はムガルの父親のグドさんだ。一通り《回復術》と《治療術》をかけて点滅しなくなったので《鑑定》をする。まちがいないグドさんだった。

「う……」

また頬を軽く叩くと、かすかに反応が返ってきた。

「〈マックスヒール〉〈キュアポイズン〉〈エクストラキュアディシーズ〉」

『スキル《回復術》のレベルが上がりました』

さらに重ねがけをすると、グドさんがうっすらと目を開ける。俺を認識したのか、視線がさまよいつつもこちらへ向いた。

「……ああ、こ…この子を……」

この子？　誰のことだ。

見ると腕に子供を抱いていた。引きずり出したときにともに出てきたのだが、よく見ればロープのようなものでグドさんと子供の身体は結びつけられていた。

だが、その子はすでに事切れている。

「おね……がい……」

「わかりました、あとは任せて休んでください」

「……あ、り……」

「《メディカルポッド》」

『スキル《メディカルポッド》のレベルが上がりました』

気を失ったグドさんに《メディカルポッド》をかけた。淡い光に包まれ、銀色の繭（まゆ）に変わる。その腕に抱かれていた子供は、グドさんの服とともにずり落ちた。

猫の耳ということは、ニージェさんのところの下の息子だろうか？

シーツを〈複製（デュプリケイト）〉して包もうと抱き上げると、その身体はまだ温かかった。

「もしかして……」

くそっ、《蘇生術》をほとんど使ってなくて、レベル上げをしていなかったことが悔やまれる。

まだ間に合うか？

「〈心肺蘇生（レスキュレーション）〉」

子供の手首に指を当てるが何も感じない。マップ表示も灰色のままだ。でも、もう一度。

「〈レスキュレーション〉」

脈は触れないが、瞼（まぶた）が震えた気がした。

「〈レスキュレーション〉」

『スキル《蘇生術》のレベルが上がりました』

「よし、〈仮死回復（アナビオシス）〉〈レスキュレーション〉〈マックスヒール〉〈キュアポイズン〉〈ハイキュアディシーズ〉！」

マップの点滅を待つより前に、気のせいかもしれないが、ピクリと脈が弱く触れたように感じたため、畳(たた)みかけるように術をかけた。

トク…………トク…………トク…………

「よし、やったぞ！　《メディカルポッド》」

脈が触れた。蘇生に成功したのですぐに《メディカルポッド》を発動した。細かく治療するよりこっちの方がいいと思ったからだ。

ホッと一息つくも、ふとあることが頭によぎった。蘇生に成功したが、これは喜んでいいのかどうか……

心肺停止からどれくらい時間が経っていたのだろうか？　時間が経ちすぎていれば、脳に障害が残ると聞いた。

せっかく一命を取り留めたが、障害が残ってしまったら、この世界で生きていくことは難しいのではないだろうか？

『イエス、マスター。《メディカルポッド》は遺伝子疾患(しっかん)以外のあらゆる怪我(けが)病気を治します』

「……あ」

そっか……そうだよな。欠損した腕とか足とかも生やすスキルなんだから、脳障害も治せるんだ。すごいよ、不思議魔法のある世界。いやすごいのはスキルをくれた神様か？　それともこれを考えた俺というより、考え出したフィクション作家か！

「あ、そんなことより、まだ他にもいないか探さないと」

二つのメディカルポッドを横に避けて、まだ蘇生可能な人間がいないか、全員で死体の山を崩した。


結局、蘇生できそうな人間はいなかった。

山越えメンバーとは無関係と思われる、様々な獣族の遺体があったが、死後時間が経ちすぎ、腐敗も始まっていて、蘇生は成功しなかった。

探しながらカリクさんについてナビゲーターに聞いてみたが、カリクさんは胸から下、心臓がないため蘇生不可能で、蘇生できなければ《メディカルポッド》は使えないとのこと。

《メディカルポッド》はあくまで治療用なので死体には使えない。今回のようにまず蘇生できなければ治療できないのだ。

じゃあ、蘇生できてさらに治療できるスキルを作ればと思ったが、『レベルが不足しています』とのこと。

ナビゲーターが言うには、現在俺の《蘇生術》で蘇生できるのは、死亡から数時間程度だ。低レベルの《蘇生術》には〝魂〟の存在が不可欠なのだそうな。魂って……オカルト？　いや、不思議異世界だし、地球でだって魂の存在については色々言われているが、俺はあると思う。じゃなくて、この世界ではあるのだ。

レベル3までは、蘇生するには〝魂〟が身体に留まっているうちでないと、身体を治しても意識は戻らず、ほどなく衰弱死するそうだ。

ニージェさんの末の息子は、確かジースという名前だった。きっとグドさんが守っていたのだろう。グドさんは荷物を背負ったままだったから、ジースくんに薬草やポーションを使っていたのかもしれない。

近くにポーション瓶のようなものもあった。

ワイバーンに捕まって何日も経っていたが、多分心臓が止まってからそんなに時間が経っていなくて、〝魂〟は肉体に留まっていたのだろう。……留まっていたよね？　実はもう魂が抜けていて、メディカルポッドから出したらやっぱり……ってことないよね。

『イエス、マスター。〝魂〟がなければ、鑑定時固有名が消失しております』

そういえば、オークの巣で見つけた遺体〝狐獣族（きつねじゅうぞく）の死骸〟になってた。

＝メディカルポッド〈ジース〉

フブキの固有スキル《メディカルポッド》により作成された治療用ポッド。現在個体名〈ジース〉の肉体を修復治療中。終了まであと42時間＝

よかった、名前がちゃんと表示されている。レベル2になって、所要時間が短縮したこと以外に、説明文も変わっていた。今回レベル3になって〝細胞増殖〟という言葉がなくなり〝修復治療中〟

となった。

『イエス、マスター。個体名〈ジース〉は、《メディカルポッド》のスキルレベルが上がったことで個体の細胞によらず、マスターの力で治療されています』

レベルが低かったときは俺の力だけで治療できず、素材となる細胞が必要だった？　そういうことかな。グドさんの方もちゃんと名前があったし、説明も同じだった。終了時間は十五時間後か。《メディカルポッド》は治療終了まで魔力を注ぎ続けるから、発動時のレベルが低くとも、レベルが上がった時点で、そのレベルの効果が適応される。

二人とも大丈夫とわかり、気持ちが落ち着いたので、《メディカルポッド》から視線を周囲に巡らせる。

ここにこれほどの死体が集められていた理由。

どうも卵を温めていた雌（メス）のワイバーンと、卵から孵化（ふか）したワイバーンの赤子の餌（えさ）とするためだったようだ。

グドさんもジースくんもすぐに食べられなかったのは、幸運……だったのだろうか？

捕まって多分数日間、ワイバーンの巣でモンスターの死体に囲まれても、正気でいられるだろうか。

そういうのってＰＴＳＤとかに……あ、《メディカルポッド》で治療可能なんだな。

ニージェさんの父オージェさんと息子のジースくんは一緒に、ダダンさんの弟のゼダさんもワイバーンに連れ去られたと聞いたんだが、それらしい遺体は見つからなかった。

あたりに骨がないところを見れば、ワイバーンは骨も残さないのだろう。オージェさんとゼダさんの二人はすでにワイバーンに……

　そのあたりはグドさんが知っているかも。目覚めれば聞けるか。

　さて、ワイバーンの卵だが、オロチマルのときのように温めて孵化させるつもりはない。これ以上従魔は必要ないし、ワイバーンは大きすぎるし目立ちすぎるだろう。

　確か、ヴァレン領には騎竜隊というワイバーンとかレッサーワイバーンに乗る兵団とかクランとかがあるので、ワイバーンの卵は高額で引き取ってくれるっぽい。

　だから持って帰りたいが、生きてるから《アイテムボックス》に入らないんだよな。

『マスター。レベルアップにより《時間魔法》を習得しております。レベル1では〈時間遅延〉が使用可能です。〈スロウ〉は対象の時間経過を遅くします。裏技ですが〈スロウ〉をかけた状態なら《空間魔法》の〈空間固定〉で動きを止めても対象への影響は最小限で済みます。その状態であれば〝鼓動が停止〟と判断され《アイテムボックス》に収納可能です。《アイテムボックス》内は時間停止しているため、雛の鼓動が止まったままであっても、出してすぐ魔法を解除すれば〈空間固定〉による影響はないと思われます。ただし《アイテムボックス》に収納している間は成長が止まります』

　そんな方法が？　〈空間固定〉って生物の鼓動も止めてしまうんだよな。時間は停止してないからそのままにすると死んでしまうが、〈スロウ〉で緩和できるの？　そして、鼓動が止まっていることで死体扱いになるのかな？　理屈は間違ってても、できるならいいじゃん。

よし、持って帰ろう。

あれ？　待てよそれってさ、《メディカルポッド》でもできるってことかな。

……はい。卵だけでなく《メディカルポッド》も入ってしまいました。でも、治療がストップして終了時間が延びるので、よっぽどのことがない限り収納はしないことにする。今はゲートで移動できるから必要ないかな。

卵は、三つのうち一つはワイバーンが倒れたときに割れたようで、いつの間にか死んでいた。これは俺たちが倒したことにはならない。

他の魔物の死体と一緒に焼いてしまおう。死体の多くは腐りかけてるし。そういえばゴブリンは見かけないな。あれはワイバーンも食べないほどまずいのかもしれない。

外に出て《火魔法》が使える俺とオロチマルで巣を焼いてから、《地魔法》が使える俺とジライヤとツナデで穴を埋めた。

ワイバーンって、巣立ったら自分の巣を作るために長距離移動するらしいから、新たに他からきてここに巣を作ることもあるかもしれない。だが、この穴がなければ作らないかもしれない。実際ここの他にもワイバーンの巣があると思われるが、俺のサーチ範囲では見かけない。ワイバーンの縄張りって広範囲なのかも。

二つの《メディカルポッド》を大八車に乗せた。大きくなったオロチマルでは大八車が低くてハーネスが装着できないので、ジライヤに任せる。

マップのスクロール可能範囲は現在地から百キロメートルほどなので、この山からウォルローフ先生の屋敷は遠すぎてスクロールの範囲外なんだ。

でも《空間魔法》のレベルが上がったおかげで〈空間接続〉できる箇所に制限がなくなった。くるときはあっちこっち経由したけど、帰りは一気に屋敷まで戻れる。龍の顎の崖下経由で戻るとしたら、大八車は使えなかったよ。

「〈空間接続〉」

目の前にウォルローフ先生の屋敷が見えた。大八車を押しながら通過し、すぐに閉じる。

なんだろう？　俺たちが帰ってくるのを見張っていた？　窓から兎獣族の少女、えっとメルだっけ？　が俺を見つけた途端、奥に走っていったぞ。

しばらくすると玄関の扉が勢いよく開き、中からわらわらと人が出てきた。先頭はグルカスさんだ。

「フブキ！　無事か！」

「グルカスさん、ウォルローフ先生も。この通り、怪我（けが）もないですよ」

「「うわっ！」」

俺たちの手前五メートルの位置で全員止まった。

「ふ、フブキ。その後ろの……それはもしかしてオロチマルか？」

ウォルローフ先生が俺にそっと近づき、小声で聞いてきた。

「あ、はい。ワイバーンと戦って進化できたので、クルカンって種族になりました。言ってませんでしたが、ツナデの方はハヌマーンです」

オロチマルの首元を撫でてやりながら、ウォルローフ先生に答える。

後ろではグルカスさんやザナルさん、ダダンさん、ニージェさんがこちらに近づきあぐねていた。

「大丈夫ですよ、俺の従魔ですから」

意を決したように、グルカスさんが前に出る。

「それでっ、その繭だが……」

みんなの目は二つの《メディカルポッド》に向いていた。

「グドさんとジースくんです。すみません、他の人は見つかりませんでした」

「い、生きて、生きているのかっ！」

ニージェさんが足をもつれさせつつ前に躍り出て、俺の肩を掴む。俺はその震える手に自分の手を重ねた。

「ええ、生きてます。ただかなり重症だったので治療に時間が、えっと二日ほどかかります」

グドさんの方は十五時間だが、ジースくんの方は四十二時間かかる。ジースくんは四肢欠損とかはなかったけど心停止からの蘇生で、細胞単位で色々治す必要があるんだろうと思う。特に脳神経系だな。スキルレベルが上がってこの所要時間だ。

ニージェさんががくりと膝をつく。

「あ、ありが……生きて、ううっ」

諦めていた息子が無事で帰ってきたことに、嗚咽をこらえきれず蹲ってしまった。

いつの間にかグルカスさんが、ローニさん一家とニージェさんの奥さんのアレアさんと妹のミファさんを呼んできたようだ。二人は泣きながらニージェさんに抱きついた。

「父さん、父さんはどこに？」

ムガルが息を切らしながら父親を捜し、視線を彷徨わせる。

俺は後から来たメンツにもう一度《メディカルポッド》のことと時間について説明した。

ニージェさんとアレアさんが夫婦でジースくんの《メディカルポッド》を運ぶ。ムガルも父親を運びたがったが、身体の小さい鼬獣族だからグドさんの《メディカルポッド》は俺が抱えて屋敷に入った。

話をと言うと、ウォルローフ先生とグルカスさんに、オークの集落にワイバーンの巣と戦い続きなのだから、しばらく休んでこいと言われた。なので、話は夕食の後にということになった。

俺たちはチャチャの待つログハウスへと移動する。うん、オロチマルはドアから入れなくなっていた。倉庫に大きな扉を取りつけて正解だったよ。

「おかえりなちゃいまちぇ、お風呂のご用意ができてまちゅ」

チャチャが笑顔で俺たちを出迎えてくれた。

もう俺の風呂好きを理解して先に勧めてくれる。そして着替えやタオルも用意済み、至れり尽くせりで、俺堕落しそう。

　ルーナを先に風呂に行かせ、俺はオロチマルの身体を拭いてやることにした。オロチマルは大きくなりすぎてお風呂に入れなくなった。もともと湯船に浸かったりしてなくて、桶で水浴びしてただけだから問題ない。

　ただし室内では水浴びも無理だ。代わりにダイニングで濡らしたタオルを使ってさっと拭いてやった。埃は被ってるからな。

　おお、羽毛が水を弾く。表面の埃をとるくらいなら、濡れタオルで拭く程度でいいのかな。

　俺がオロチマルを拭いている間に、ルーナが最速でお風呂を終えて出てきた。相変わらずの烏の行水っぷりだ。

　俺がいつものようにチワワサイズになったジライヤと風呂に入ろうとしたら、珍しくツナデが一緒に入ってきた。そして湯船に浸かっている。

　というか、見た目がセレン号の見習い船員のジランと変わらない。日本人で言うなら小学校高学年か中学生くらいなんだ。一緒にお風呂って、これはこれで通報案件かもしれない。

　雪音だって、親父さんと一緒にお風呂に入っていたのは小学校二年生くらいまでだった。

「なんや？」

「いや、別に何も。ていうか、ツナデはお風呂大丈夫なのか？」

「あついの、ましになった」

どうも今まではお湯を熱く感じていたようだ。それは申し訳ないことをした。

俺がチワワサイズのジライヤを洗っている横で、ツナデは自分の頭を洗っている。さすがに俺と同じ時間浸かるのは辛いようだ。

「さき、でとくな」

「おう、ちゃんと乾かせよ」

ツナデは火魔法は使えないが、風と水が使えるので自分で乾かせる。さすが魔法特化のハヌマーン。

俺はジライヤとまったり湯船に浸かった。

たった一日で随分レベルが上がった。ワイバーンの巣ではナビゲーターのコールが途切れることがなかったが、戦闘に集中していたから聞いてない。

なんのスキルがレベルアップしたのかな。

名前・フブキ＝アマサカ　年齢・17歳　種族・異世界人
レベル・36　職業・テイマー、冒険者、救命者
ＨＰ　9999999999／9999999999
ＭＰ　8056359956OO／999999999999

なんかＨＰとＭＰがカンストしてる？　これ以上増えないってことかな。マックス十二桁なんだろうか。

ＳＴＲ（筋　力）４３０３（３３１０＋９９３）
ＤＥＦ（防御力）４６８０（３６００＋１０８０）
ＶＩＴ（生命力）４６８０（３６００＋１０８０）
ＤＥＸ（器用さ）３８４８（２９６０＋８８８）
ＡＧＩ（敏捷性）３４８４（２６８０＋８０４）
ＭＮＤ（精神力）４６８０（３６００＋１０８０）
ＩＮＴ（知　力）３４３２（２６４０＋７９２）
ＬＵＫ（幸　運）３２２４（２４８０＋７４４）

ジライヤたちが従魔から眷属になったことで、従魔のパラメーター加算がなくなった分、数値が下がった。スキルはレベル３になったけど、従魔がいないので大体オーク戦前くらいの加算があった頃の数値と同じくらいだな。

ＬＵＫはフェスティリカ様との邂逅の後、上がったんだよな。

【加護スキル】《アイテムボックス（時間停止）ＬＶ３↓４》《パラメーター加算ＬＶ２↓３》
【称号スキル】《言語理解ＬＶ６》《取得経験値補正ＬＶ２↓３》《使用ＭＰ減少ＬＶ３↓４》
《スキル習得難易度低下ＬＶＭＡＸ》《取得経験値シェアＬＶＭＡＸ》
《従魔パラメーター加算ＬＶ２↓３》《生命スキル補正ＬＶＭＡＸ》
《眷属召喚（ＮＥＷ）ＬＶＭＡＸ》《精霊の恩恵ＬＶＭＡＸ》
【職業スキル】《従魔契約ＬＶ５↓７》《意思疎通ＬＶ５↓７》
【生命スキル】《メディカルポッドＬＶ２↓３》《回復術ＬＶ７↓８》《治療術ＬＶ６↓７》
《蘇生術ＬＶ１↓３》
【補助スキル】《アクティブマップＬＶ８》《鑑定ＬＶ８》《気配察知ＬＶ３↓４》
《気配隠蔽（いんぺい）ＬＶ３↓４》《追跡者の眼ＬＶ２↓３》《縮地ＬＶ３↓４》
《分身ＬＶ３》《夜目ＬＶ３》《必中ＬＶ１》
【技工スキル】《細工ＬＶ２》《家事ＬＶ６》《解体ＬＶ５》《錬金術ＬＶ７》《調合ＬＶ３》
《騎乗（ＮＥＷ）ＬＶ１》
【武術スキル】《槍術ＬＶ３》《棒術ＬＶ１》《格闘術ＬＶ３↓４》《剣術ＬＶ５↓６》
《盾術ＬＶ１》
【魔法スキル】《全属性魔法ＬＶ７》《空間魔法ＬＶ７↓８》《重力魔法ＬＶ４》
《時間魔法（ＮＥＷ）ＬＶ１》《転移魔法（ＮＥＷ）ＬＶ１》《状態異常魔法ＬＶ３》

《魔力操作ＬＶ５》《魔法構築ＬＶ６》《魔力感知ＬＶ３↓４》
【耐性スキル】《状態異常耐性ＬＶ５》《物理耐性ＬＶ４》《魔法耐性ＬＶ２》《疼痛耐性ＬＶ２》
【ユニークスキル】《ナビゲーターＬＶ５↓６》《コピーＬＶ５↓６》《ギフトＬＶ３》
【加護】《異世界神の加護×２》《フェスティリカ神の加護》
【称号】《異世界より召喚されし者》《落とされた者》《ジライヤの主》《ツナデの主》
《生命の天秤を揺らす者》《眷属を従える者》《オロチマルの主》《精霊の契約者》

ワイバーンを倒してレベル36まで上がったけど、ワイバーンって五級冒険者が倒せるランクじゃないのだろうな。

ＬＶ４の《アイテムボックス》は収納数が百個になったから、レッサーワイバーンとかまとめないで全部入れてもまだ余裕。あんなでかいのまとめられないからね。

あー、なんかスキル増えてるというか変わったのか？　《眷属招集》がなくなって《眷属召喚》が増えている。

『イエス、マスター。《眷属召喚》は離れた場所にいる眷属を自分のもとに呼び寄せることができます。距離により使用するＭＰが変化しますが、今のマスターであれば、ここからエバーナ大陸ほどの距離であっても可能です』

うん、ＭＰは千億の桁でカンストっぽいからね。

そしてついに《転移魔法》をゲットした。〈空間記憶〉と〈空間接続〉のゲートで移動できるから、今更感は否めないが。

『《転移魔法》レベル1では、視界内の非生物を引き寄せる〈引き寄せ(アポート)〉が使用可能になります』

試しに、洗面器代わりにしている桶(おけ)に使ってみる。

「〈アポート〉」

桶(おけ)がふっと消え、俺の手の上に現れる。

「おっと」

ちゃんと掴まなければ、ジライヤの頭の上に落ちるところだった。

『フブキ……』

「ごめんごめん、気をつけるよ」

『マスターの場合、〈空間指定〉との併用で、任意の場所に引き寄せることが可能です』

ほほう、通常は自分の手の上だが、そういうことも可能と。

あと、対象が見えてないとだめなのね。本当に便利スキルがいっぱい増えたな。

座ったまま、テレビのリモコンを引き寄せられるぜ。

……このスキルって、地球に戻れたらどうなるんだろう?

『……データにないため不明です』

そっか。まあ使えなくなったとしても、元に戻るだけだし。

そういえば、オークの件にしても断絶の山脈についてはここヴァンカではなくて、隣のローエン領の管轄だって言ってたな。

ローエンの街は、デッダ村からさらに南西方向だったな。

……うん。遠くて、ここからだとマップのスクロール範囲外だ。

お風呂で色々考えていたら、随分時間が経っていたみたいだ。のぼせる前に出よう。

屋敷に行くとクルサさんが出迎えてくれ、案内されたダイニングルームではウォルローフ先生とグルカスさんが待っていた。

置いていった荷物も持ち主がわかったものがなくなっており、残っているのは誰のものかわからないものと思われる。

俺たちが席につくと、メイミーさんがテーブルにお茶を配ってくれた。

グルカスさんがお茶で舌を湿らすように飲んでから、口を開く。

「見つからなかったのは、ムザの父親のゴル、ダダンの弟のゼダ、ニージェの父親のオージェの三人か」

ダダンさんの息子のカリクさんは、見つかったといっても遺体の一部だけだ。

「それでもこれだけの人数が……峠越えを目指した五十人のうち、亡くなったのはたった五人だ。オークやワイバーンに襲われ、さらに巣から助け出せたのは、フブキのおかげだ。感謝する」

グルカスさんがテーブルにぶつけそうな勢いで頭を下げる。

ドゥーバさんの母親のスンさんとダダンさんの息子のカリクさんは墓を作れた。回収した荷物の中にゼダさんやオージェさんの遺品もあったようで、それで墓を作る予定だそうだ。

すでにヴァンカの街に入っていた熊獣族のムザさん一家とは面識がないが、ゴルさんの遺品になるものを彼らは持っていたようだ。

「俺たちは冒険者ですから、受けた依頼を目一杯頑張ったにすぎませんよ」

「それでも、フブキのあの繭みたいなスキルがなかったら、もっと……」

「そうじゃな」

「俺にも益はありますよ。全員レベルがかなり上がりましたし、従魔たちは進化できました。それに何より、俺はスーレリアって国に行きたいんです。グルカスさんたちのおかげで、断絶の山脈やフェスカ神聖王国の情報が手に入りました」

俺の言葉に、ウォルローフ先生が何かを思いついたように、ぽんと手を打った。

「ああ、そうだな。今回の報酬に地図をつけよう。わしがあちこち放浪しておった頃のじゃから多少古いが、主要な道は変わっておらんじゃろう」

地図か、それはありがたい。

「で、あの繭(まゆ)はいつ頃開くんじゃ？」

ムガルの父親のグドさんが明日の二刻半(七時)。衰弱していたし実は内臓損傷もあったが、一番治療時間が短い。部位欠損とかがなかったからかな。組織のダメージ治療と失った部分の再生成では、後者の方が時間がかかるようだ。

二番目がザナルさんの奥さんのミルさんで、明日の七刻頃(十六時)。片腕片足の欠損があったし、かなり危ない状態だったから。これでもレベルが上がって少し短縮された。

ニージェさんの息子のジースくんが明後日の四刻(十時)と、一番遅い。外見に欠損などはなかったが、一度死んで蘇生したことで、見えないところの修復が必要なんだと思う。もしかして全身とか？

ウォルローフ先生とグルカスさんに、治療の終了時間と明日の予定を伝えておく。

「何かが起こるってことはないはずです。明日グドさんの治療が終わって状態を確認してからですが、一度ローエンに行ってこようと思います。オークの巣のこともあるので、ヴァンカではなくローエンの冒険者ギルドに報告して、向こうで狐獣族の遺体も渡してきます」

オークの巣で見つけた遺体は回収してあるが、ワイバーンの巣の方は個人特定できそうもなかったから、モンスターの死体と一緒に燃やした。

スキルレベルが上がって《メディカルポッド》から離れられる距離が伸びたものの、ローエンまでかなり離れている。さすがに何百キロもは無理だ。

ナビゲーターが言うには《メディカルポッド》に〈ＭＰギフト〉でチャージすれば離れられる時

間が伸びるというが、三人分だし必要なＭＰ量は増えてるからちょっとね。戦闘しにいくわけじゃないから、〈分身〉をログハウスに残していけば何の問題もない。

ここからローエンまで俺たちだったら一時間もかからずにいけるだろう。〈空間記憶〉できる数が増えたし接続制限もなくなったから、消失を気にせず〈空間接続〉が使えるので帰りは一瞬で済むしな。

ウォルローフ先生たちとの話を終え、一階のザナルさん一家、グドさん一家、二階のニージェさん一家、三階のダダンさん一家を順番に見回り、必要なら《回復術》と《治療術》をかけ、《メディカルポッド》の終了時間を説明して、ログハウスに戻った。

ウォルローフ先生んとこのベッドは、ログハウスで使ってるやつよりかなり上等なので、部屋を回るついでにキングサイズとクイーンサイズのベッドを〈記憶(メモリー)〉させてもらった。後で交換しよう。

まだ全部終わったわけじゃないけど、本当に今日一日は濃かった。レベル上がりまくりで進化しまくりだし、みんなも疲れたようだ。

俺もなんとなく疲れた。肉体的なものではなく、精神的なものかな。

睡眠耐性があっても、やっぱり寝るのは好きだ。できるならグータラしたいけど。

明日もあるし、みんなの寝顔を見たら俺も寝たくなった。ベッドの交換は明日でいいか。

第二章　長い一日が終わって

朝起きるとすでに朝食ができ上がっていて、後片付けも不要なんて、チャチャは俺を甘やかしすぎではないだろうか。

お袋にだって、食事の後の食器は、洗うまでしなくとも、最低限シンクに下げるようにと言われていた。

「今日のご予定は？　家主ちゃま」

食後のお茶――エントの葉で緑茶っぽいものができ上がったのだ。これは嬉しい――を飲んでいるとチャチャが聞いてきた。

「午前中は、グドさんの治療終了を確認してからローエンに出かけるけど、《メディカルポッド》があと二人分あるから〈分身〉を置いていくよ。お昼に帰ってこられるかわからないんでお弁当をお願いできるかな。ミルさんの治療終了が七刻頃だから、それまでに帰ってくるよ。夕食はお願いするね」

「おまかちぇくだちゃいまちぇ」

チャチャに何か不足がないか確認して、食材を保冷庫に〈複製(デュプリケイト)〉して置いていく。今日はメイミーさんがクルサさんとメルを連れてヴァンカに買い物に行くので、一緒に行きたいと言われた。買い物は好きにしてもらっていいと、五千オルほど渡した。そういえば、テナの両替してなかったな。

ヴァンカに着いたその日に街の外へ出たけど（ウォルローフ先生の屋敷は街の外だ）、そのまま戻らない予定ではなかったんだよ。

俺たちは、ヴァンカに着いて冒険者ギルドで手続きしてその足でここにきたから、街の様子を全然見てないや。明日の朝、ジースくんの治療終了までに行ってくるか。ウォルローフ先生の依頼終了の手続きもあるし。

ジライヤとオロチマルはラグの上でまったりしている。龍の顎とワイバーンの巣での戦いでジライヤは8レベルも上がっている。ジライヤは断絶の山脈に行く前は進化したばかりで種族レベル1だったのに、進化して三日でレベル21に到達してしまった。

名前・ジライヤ　年齢・0歳　種族・マーニ＝ハティ
レベル・21　職業・フブキの眷属
HP　15600／15600（13000＋2600）
MP　7340／10800（9000＋1800）

ＳＴＲ（筋　力）７２００（６０００＋１２００）
ＤＥＦ（防御力）７２００（６０００＋１２００）
ＶＩＴ（生命力）７６８０（６４００＋１２８０）
ＤＥＸ（器用さ）５５２０（４６００＋９２０）
ＡＧＩ（敏捷性）７２００（６０００＋１２００）
ＭＮＤ（精神力）５５２０（４６００＋９２０）
ＩＮＴ（知　力）４６８０（３９００＋７８０）
ＬＵＫ（幸　運）４８００（４０００＋８００）
【祝福スキル】《恩恵ＬＶＭＡＸ》
【称号スキル】《言語理解ＬＶ４》《パラメーター加算ＬＶ２》《取得経験値補正ＬＶ２》
【職業スキル】《意思疎通ＬＶ４》《取得経験値シェアＬＶＭＡＸ》
【補助スキル】《咆哮(ほうこう)ＬＶ７》《瞬脚ＬＶ６》《突進ＬＶ６》《空中機動ＬＶ５》《遁甲ＬＶ７》
《影分身ＬＶ５》《スニークＬＶ５》《威圧ＬＶ２》《察知ＬＶ３》
【戦闘スキル】《爪連撃ＬＶ５》《噛砕ＬＶ５》《爪刺ＬＶ３》
【魔法スキル】《風魔法ＬＶ７》《地魔法ＬＶ４》《闇魔法ＬＶ６》《魔力操作ＬＶ２》
【耐性スキル】《物理耐性ＬＶ４》《魔法耐性ＬＶ３》《疼痛(とうつう)耐性ＬＶ２》
【ユニークスキル】《メタモルフォーゼＬＶ５》《月食ＬＶ１》

【祝福】《フェスティリカ神の祝福》

【称号】《異世界より召喚されし者の眷属》


ちょくちょくメタモルフォーゼでサイズを変えているから、MPが満タンにならないな。

パラメーターも上がってるがスキルレベルも上がってる。もし今のジライヤと同等の敵が現れたら、俺一人だと負けると思う。

ツナデは龍の顎に行く前に進化したわけだが、もうレベル16に達している。ワイバーン二匹とレッサーワイバーン八匹で、合計十匹倒したんだよな。MR・Cってキラーグリズリーがそうだった。

あんなに苦戦したのに、俺たち強くなったよな。

名前・ツナデ　年齢・0歳　種族・ハヌマーン
レベル・16　職業・フブキの眷属
HP　8400／8400（7000+1400）
MP　14280／15000（12500+2500）
STR（筋　力）3900（3250+650）
DEF（防御力）3900（3250+650）
VIT（生命力）5400（4500+900）

ＤＥＸ（器用さ）６３６０（５３００＋１０６０）
ＡＧＩ（敏捷性）５０４０（４２００＋８４０）
ＭＮＤ（精神力）６３６０（５３００＋１０６０）
ＩＮＴ（知　力）６３６０（５３００＋１０６０）
ＬＵＫ（幸　運）４５００（３７５０＋７５０）
【祝福スキル】《恩恵ＬＶＭＡＸ》
【称号スキル】《言語理解ＬＶ５》《パラメーター加算ＬＶ２》《取得経験値補正ＬＶ２》
【職業スキル】《意思疎通ＬＶ４》《取得経験値シェアＬＶＭＡＸ》
【補助スキル】《木登りＬＶ７》《跳躍ＬＶ７》《浮遊ＬＶ７》《分体ＬＶ３》《蜃気楼ＬＶ５》
　　　　　　《必中ＬＶ３》
【技工スキル】《解体ＬＶ４》《細工ＬＶ２》
【戦闘スキル】《絞扼ＬＶ３》《投擲ＬＶ５》《分体突撃ＬＶ２》《分体自爆ＬＶ１》
【魔法スキル】《上位属性魔法ＬＶ５》《水魔法ＬＶ５》《地魔法ＬＶ７》《風魔法ＬＶ６》
　　　　　　《光魔法ＬＶ４》《魔力操作ＬＶ６》《魔力感知ＬＶ６》
【耐性スキル】《物理耐性ＬＶ３》《魔法耐性ＬＶ３》《疼痛耐性ＬＶ３》
【ユニークスキル】《空間跳躍ＬＶ６》《シェイプチェンジＬＶ１》
【祝福】《フェスティリカ神の祝福》

【称号】《異世界より召喚されし者の眷属》

ワイバーンの巣に行く前に進化したオロチマルは、ワイバーン戦だけでレベル12になっている。

名前・オロチマル　年齢・0歳　種族・クルカン
レベル・12　職業・フブキの眷属
H　P　10500／10500（8750＋1750）
M　P　9130／9300（7750＋1550）
STR（筋　力）5988（4990＋998）
DEF（防御力）4788（3990＋798）
VIT（生命力）4788（3990＋798）
DEX（器用さ）4788（3990＋798）
AGI（敏捷性）4920（4100＋820）
MND（精神力）3720（3100＋620）
INT（知　力）3324（2770＋554）
LUK（幸　運）3060（2550＋510）
【祝福スキル】《恩恵LVMAX》

【称号スキル】《言語理解ＬＶ３》《パラメーター加算ＬＶ２》《取得経験値補正ＬＶ２》
【職業スキル】《意思疎通ＬＶ３》《取得経験値シェアＬＶＭＡＸ》
【補助スキル】《叫声ＬＶ５》《跳躍(ちょうやく)ＬＶ６》《強襲ＬＶ６》《飛行ＬＶ５》《消音ＬＶ４》
【戦闘スキル】《状態異常ブレスＬＶ６》《ファイヤーブレスＬＶ５》《サンダーブレスＬＶ３》
《毒の爪ＬＶ５》《烈脚ＬＶ５》《振り回しＬＶ１↓２》
【魔法スキル】《風魔法ＬＶ６》《火魔法ＬＶ７》《治療魔法ＬＶ５》《雷魔法ＬＶ３》
【耐性スキル】《状態異常耐性ＬＶ５》《物理耐性ＬＶ３》《魔法耐性ＬＶ３》《疼痛(とうつう)耐性ＬＶ３》
【ユニークスキル】《変幻ＬＶ３》
【祝福】《フェスティリカ神の祝福》
【称号】《異世界より召喚されし者の眷属(フブキ)》

俺は苦労して《状態異常耐性》を上げたのに、同じレベルっていうのがね。
ルーナはオークの巣に行く前にハイビーストになったわけだが、すでにレベル19になっている。
いいんだろうか？

名前・ルーナ　年齢・０歳　種族・上位獣族(ハイビースト)（豹）
レベル・19　職業・フブキの眷属、森狩人(フォレストハンター)

ＨＰ　７９２０／７９２０（６６００＋１３２０）
ＭＰ　５１８０／５１８０（４３００＋８６０）
ＳＴＲ（筋　力）４０８０（３４００＋６８０）
ＤＥＦ（防御力）４０８０（３４００＋６８０）
ＶＩＴ（生命力）４５６０（３８００＋７６０）
ＤＥＸ（器用さ）３４０８（２８４０＋５６８）
ＡＧＩ（敏捷性）３８６４（３２２０＋６４４）
ＭＮＤ（精神力）３１６８（２６４０＋５２８）
ＩＮＴ（知　力）２４９６（２０８０＋４１６）
ＬＵＫ（幸　運）１６８０（１４００＋２８０）
【祝福スキル】《恩恵ＬＶＭＡＸ》
【称号スキル】《言語理解ＬＶ３》《パラメーター加算ＬＶ２》《取得経験値補正ＬＶ２》
【職業スキル】《意思疎通ＬＶ３》《取得経験値シェアＬＶＭＡＸ》《罠感知ＬＶ３》
《罠設置ＬＶ３》《罠解除ＬＶ３》《命中率上昇ＬＶ５》《森歩きＬＶ３》
【補助スキル】《察知ＬＶ３》《スニークＬＶ３》《瞬脚ＬＶ４》
【技工スキル】《家事ＬＶ３》《解体ＬＶ３》
【武術スキル】《短剣術ＬＶ３》《双剣術ＬＶ５》《弓術ＬＶ３》《投擲(とうてき)術ＬＶ５》

【魔法スキル】《魔力感知ＬＶ４》《魔力操作ＬＶ４》《雷魔法ＬＶ６》《風魔法ＬＶ５》
《闇魔法ＬＶ３》
【耐性スキル】《物理耐性ＬＶ３》《魔法耐性ＬＶ２》《疼痛（とうつう）耐性ＬＶ３》
【ユニークスキル】《獣化ＬＶ２》
【祝福】《フェスティリカ神の祝福》
【称号】《異世界より召喚されし者の眷属》

あれ？　ユニークスキルの《獣化》のレベルが上がってる。ワイバーンの巣の戦闘で使ったのかな。俺はルーナたちに背を向けて戦っていたから、ルーナたちの戦闘は最後しか見てない。

お茶を飲み終わってみんなを見る。

ルーナとツナデもデザートを食べ終わったようだ。ツナデは普通にテーブルについて俺たちと食事をするようになった。いや前からだが、サイズが人間と変わらないくらい大きくなったから、テーブルについてても違和感なくなったんだよ。スプーンだってフォークだって器用に使うし。

ハヌマーンに進化して身長は百四十センチくらいか？　言葉だって話せるし、猿獣族ですと言っても通用するんじゃなかろうか。服とか着せてみるのもアリかもしれない。あ、でも靴とかはかえって邪魔だろうな。

ログハウスを改装して大きくしたが、ジライヤとオロチマルが大きくなったことで狭く感じる。

ジライヤは《メタモルフォーゼ》で小さくなれるんだが、特に何もなければ普通サイズでいる。スキルレベルが上がってMP消費量が減ったようだが、無駄にサイズを変える必要はないと言ってある。

大きくなったオロチマルに対抗して通常サイズでいるわけじゃないんだよ。それならもっと大きくなれるから。なられてもログハウスの中じゃ嵩張るので禁止だ。

そう、大きくなるなら、象なみにも大きくなれるのだ。

オロチマルの方は首の長さもあるせいで、普通に立っていると頭の位置は俺の身長より高くなり、ほぼ二メートルある。

体長がジライヤよりも短いので、ジライヤは横長、オロチマルは縦長な感じかな。尾が鰐風で嵩張っているけど。

本当に一気に室内が狭くなった。吹き抜けの部分は天井が高いからいいが、ロフトの下では頭をぶつけるよな。どうしようかな？　これ以上家を大きくすると、野営のときに設置する場所を探すのが大変になりそうだし。

みんなこれだけ大きくなったら、街中の宿に泊まるときは厩舎に預けることになる。もう部屋に連れ込めないだろうな。

ツナデは宿代を払えば大丈夫か。ジライヤは小さくなれるけど、そうするとオロチマルがごねる姿が目に浮かぶ。こんなに大きくなっても中身は変わらないのだ。

ツナデやジライヤは進化しても狼や猿という種族的な身体特徴は変わらなかったが、オロチマルは結構違っている。最初は気がつかなかったが、足と尻尾以外にも手ができていた。

手ができていたって自分で言ってて変な感じだな。手というか指？　爪？　が翼の真ん中あたりにあるのだ。

例えて言うなら、プテラノドンか始祖鳥だろうか。小指を除いた四本の長い爪があり、割と器用にものを掴んでいる。

そう、掴んでいるのだ。今もビタンを両手で持ってシャクシャク食べている。

「オロチマル、ちょっとおいで」

『なに～、まま？』

嘴が果汁でベトベトだ。俺は濡れタオルで嘴を拭いてやる。

『いや～ん、くすぐったい～』

進化して大きくなっても、こういうお子様なところはそのままだ。まあそこがオロチマルの可愛いところでもある。あ、爪も拭いておこう。

「俺はもう少ししたらグドさんの様子を見に行くが、すぐには出かけないからみんな自由にしてていいぞ」

「ほな、ちょっと、外出てくるわ」

「あたしも」

『ボク、ままのそば～』

『オレはルーナに付き合う』

「では、お買い物に行ってきまちゅ」

ということで、オロチマル以外は外に出ていった。オロチマルはラグの前で器用に首を捻って丸まった。

『まま、フブキままはここ』

自分の横を示すので、俺もラグの上にブーツを脱いで座る。オロチマルが爪で俺の肩を掴んでグイッと引っ張った。

『ボクにもたれるの！』

以前ジライヤにもたれてもふもふを堪能していたことがあるが、それを自分にもしろということだろう。グドさんの治療終了までまだ少し時間がある。俺はゆっくりとオロチマルに背を預けた。

「重くないのか？」

『大丈夫、ままあったかい』

すりすりと頭を擦りつけてくる。ジライヤの毛はモッフモフだけど、オロチマルの羽毛はフッカフカだ。

オロチマルにもたれたままでナビゲーターに《時間魔法》について教えてもらう。そして聞きながら家具に〈スロウ〉を連発してスキルアップを図る。

『イエス、マスター。《時間魔法》レベル2で使用できるのは〈感覚遅延〉です。対象の時間感覚を十分の一にします』

感覚を遅くすることで対象の動きを遅くする。あくまで感覚だけなので、行動や思考速度が遅くなるにすぎない。いやそれでもすごいと思う。周りが早送りみたいに感じるんだぜ。

レベル3で使える《時間加速》はレベル1の〈スロウ〉の逆で、対象の時間経過を進める。調合するときに時間を置く必要があるものなんかに使うと便利だな。

レベル4の〈感覚加速〉は対象の時間感覚を速めるもの。そうすることで周りの時間が遅くなったように感じる。思考加速というのに近いか。〈スロウリィ〉や〈クイックリィ〉は思考力のないものに使っても何の意味もない。

レベル5で使える〈停止〉は対象の時間を止めるのだが、《空間魔法》の〈空間固定〉とセットで使うと、〈スロウ〉と同じようにアイテムボックスに収納できる。こっちの方が影響が少なそう。

そしてレベル6で〈時間停止〉が使えるようになる。〈ストップ〉と違うのは、俺以外の時間が停止するというもの。何それものすごくチートじゃん。あ、今更か。

『スキル《時間魔法》のレベルが上がりました』

かなりの回数〈スロウ〉を連発してようやくだ。

ん、いつの間にかオロチマルが寝息をたてている。

「ナビゲーター、〈スロウリィ〉ってかけたら、対象に負担がかかるものなの？」

『状況によります。走っている相手にかければ、身体の制御が遅れ、慣性のコントロールが上手くいかずつんのめるでしょう。また、感覚が遅くなるため行動も遅くなりますが、実際の時間は経過しているので、長時間使用すれば精神と身体の機能に齟齬が出るでしょう。ただ、そこまで長時間使用可能なほどＭＰがあるのはマスターぐらいでしょうが』

あくまでも感覚なので、非生物にかけてもなんの変化もないわけで。自我というか、意識のないものにもかけても意味はない。

試しに目の前のブーツにかけてみる。

「〈スロウリィ〉」

持ち上げて触ってもなんの変化もない。

『マスター、思考力のないものにかけても無意味です』

「ですよねー」

レベルアップのために連発してみたが、なかなかレベルアップはない。

種族レベル30を超えなければ使えるようにならなかったことでもわかるように、今までのスキルに比べてさらに経験値が必要なようだ。

《空間魔法》のときのように地道に使っていくか。あ、でもＭＰがすごい減ってる。《使用ＭＰ減少》があってこれかあ。

《時間魔法》だけじゃなく《転移魔法》もスキルレベル上げしないとなあ。

そうだ。今のうちにベッドの交換もしておこう。俺の……というか全員で使っていたが、さすがにオロチマルとジライヤはもうベッドには上がれない。ベッド用にサイズを加工したキャンプマットと毛皮をラグがわりにベッドの横に敷いておこう。ジライヤとオロチマル用だ。

今のベッドを収納し、代わりにキングサイズのベッドを〈複製(デュプリケイト)〉する。

ルーナ用のもう一つのベッドも収納して、クイーンサイズのベッドと交換する。

元のベッドは昨日設置したログハウスにでも入れておくか。

細々(こまごま)やってるうちに、もうすぐグドさんの治療終了時間になりそうだ。

「オロチマル、ウォルロープ先生のとこに行くけど、大人しく留守番してるんだぞ」

寝てるオロチマルを揺すって起こす。黙っていなくなると捜すからな。チャチャがいたらお守(も)りを頼めるんだが。

『まま、すぐ戻ってくる？　ボクお留守番？』

熟睡(じゅくすい)してたわけじゃなかったので、すぐ目を覚ました。大きくなったオロチマルを、さすがにウォルロープ先生の屋敷に入れるわけにはね。

途中畑を見るが問題ないようだ。クワッフの挿し木だけ元気がないような気がしたので、しっかり根付くように〈ウッドグロウ〉と〈エリアヒール〉をかけた。うん、最初十センチくらいだった枝が、植えたときに〈ウッドグロウ〉をかけて五十センチくらいになっていた。それが今や、一メートルを超えた。これだけ伸びれば、根も張れているだろう。

使用人用出入り口から中に入ると、今日もかちゃかちゃと誰かが仕事をしている音が、厨房から聞こえてくる。そのままエントランスへ出てダイニングへ。ダイニングの扉は開け放たれていた。

「おはようございます、先生、グルカスさん」

「フブキか、おはよう」

「今日はローエンに行くんじゃったか」

「はい、グドさんの治療終了を見届けてからと思って」

「昨日のうちにメイミーにヴァンカの冒険者ギルドに手紙を届けさせたが、ローエンにオークの話が伝わっておるかどうかはわからんぞ」

昨日一度戻ってきたときに知らせてくれると言っていた件だ。

「それならそれで構いませんよ。俺のアイテムボックスにはオークキングの死体が入ってますから、実物を見せれば問題ないでしょう」

「……いや、それはそれで問題があるかと……」

先生とグルカスさんが困ったような視線を俺に向ける。

「ローエンの冒険者ギルド宛に手紙を書こう。わしゃこれでも名の知れた学者じゃからな。直接上の者に報告した方がいいじゃろう」

そう言って先生は、脇に置いてあったワゴンから紙とペンを取り出し、書きはじめた。

「じゃあ、みんなの部屋を回ったら戻ってきますね」

俺は《メディカルポッド》のないダダンさんの部屋から回ることにした。その次はニージェさんの部屋。ジースくんの治療終了は明日だけど、変化はない。

二家族に特に問題のありそうな人はいなかった。怪我（けが）も昨日のうちに治したからな。それぞれの部屋で感謝の嵐に見舞われ、結構時間がかかってしまった。


グドさんは、ムガルたちが最初に入った三人部屋に、両親と合わせて五人で使っている。

三つのベッドを、グドさんの《メディカルポッド》で一つ、母親のローニさんと娘のレニアで一つ、ムガルと弟のサダルで一つ使っている。

身体の小さな鼬獣族だからできることだな。

グドさんの部屋に行くと、家族が勢揃いしているのはわかるのだが、なぜかウォルローフ先生とグルカスさんまでいた。俺が他の部屋を回っている間にきたのだろう。

ベッド三つとクローゼット三つ以外、家具らしいものはない。病院の三人部屋みたいな感じだ。

三つ並んだ端のベッドの周りに勢揃いしている。

「フブキ、遅かったな」

「あとどれくらいじゃ？」

グドさんの《メディカルポッド》の残り時間は六分だった。ほんと、ギリギリに戻ってきたな。

終了時に立ち会わなくとも問題ないとは思うんだけど、何かあったときを考えて、念のためだ。

治療中は全裸だと伝えてあったので、奥さんのローニさんが着替えを準備してあった。

というか、女性の着てる服がメイミーさんと同じようなメイド風のお仕着せだ。

ウォルローフ先生の使用人が使っていた服を配ったようだ。ダダンさんやニージェさんは執事長の服、ムガルたちはちょうど同じ鼬獣族の下働きだった男の服だそうだ。

ザナルさんだけ、俺の渡した服を着てる。

部屋にくる前に、メイミーさんにワゴンと食器類を借りておいた。一旦廊下に出て《アイテムボックス》から取り出す。

そこにはなんちゃって経口補水液とジライヤの離乳食もどきを準備してある。

《メディカルポッド》の治療後は空腹だけが残る。だいたい数日食事を取れていないのだが、身体を維持するためのエネルギー的なものは補充されているので、飢餓(きが)状態ではないのだ。

俺はワゴンをじっと見る。

……待てよ。

数日間食事を取れていないから〝胃腸に優しく消化吸収のいいもの〟をと考えていたが、《メディカルポッド》で治療した後って、胃腸の状態も問題ないんじゃあ……

『イエス、マスター。〝疾病(しっぺい)〟は完治します』

俺は再びワゴンをじっと見る。

まあ、せっかく用意したし、食べて悪いものじゃないから。

『マスター、個体名グドの治療終了まで一分を切りました』

若干落ち込んでいたら、ナビゲーターが治療終了を告げてきた。慌ててベッドサイドに駆け寄る。

「おお」

「繭が割れたぞ」

「あなた！」

「父さん！」

俺がベッドに駆け寄ると、ぱかりと割れ目が左右に開き、中からゴポリと透明のゲルが溢れ出した。

「ちょっとすみません」

みんなでベッドに身を乗り出していたが、グルカスさんが場所を空けてくれたので、割れ目に手をかけて大きく開く。

「グドさんに声をかけて、起こしてもらっていいですか」

昨日のあの状態では、俺のことを覚えているかどうか怪しい。ここは、馴染みのない俺よりは、家族に声をかけてもらった方がいい。

「あなた」

「「父さん」」

家族に呼ばれ、グドさんがゆっくり目を開ける。

「ローニ、ムガルも……なんだ？　朝、か？」

「あなたぁ……」

「「父さぁん!!」」

ポッドとゲルが光の粒子になって消えていくと、家族全員でまっぱのおっさんに抱きついた。

「な、なんだ？　どうしたみんな？」

記憶が混乱しているのか、家族の必死さに戸惑うグドさんだった。

鑑定結果は【状態・空腹】だけだったので、これじゃなくともよかったんだが……なんてことはおくびにも出さず、ワゴンの上の食事を落ち着いたら食べさせるように伝え、ウォルローフ先生とグルカスさんと一緒に部屋を出た。

「やはり不思議なスキルじゃの。ユニークでなければ調べてみたいもんじゃ」

「馬鹿みたいにMP食いますよ」

「ふむ、フブキは平均的な人族より多そうではあるな」

ウォルローフ先生はブツブツ言いながら、グルカスさんと二人で二階に上がっていった。

最後はザナルさんの部屋だ。今日の七刻にミルさんの治療が終わる。

ザナルさんたちの部屋に行くと、ここでもザナルさんとガレルさんから感謝の嵐だ。

ミルさんの《メディカルポッド》にはなんの問題もなかったが、シルが《メディカルポッド》にべったりくっついてた。

父親が出てきたのと同じものなので、中から母親が出てくると思っているのだと、マルクが教えてくれた。

すべて回り終わったのでログハウスに戻る。ローエンに行く前に〈分身〉を置いておかないとな。

屋敷の外に出ると、みんなが待っていた。

「フブキ、おっそ〜い！」

「エライ、おそかったなあ」

『待った』

『まま、お留守番したよ』

ルーナとツナデがリュックを揺らしながら走り寄る。ツナデが二本足で走る姿って、もう人間と同じだよな。

二人のリュックはちょっとチグハグだ。身体が大きくなったせいでリュックが小さい。特にツナデは、ロングテイルマンキーから倍以上大きくなったから。

時間があれば《錬金術》のレベルを上げて付与を試したいところだ。せっかく〈空間拡張〉や〈スロウ〉の魔法が使えるようになったんだ。マジックバッグを作ってみたい。そのためには《錬金術》のレベルを上げなくてはならない。

「ちょっと分身を置いていくから待ってて。俺、鞄も持ってないし」

そう言って一人ログハウスに戻る。

さて、ローエンはデッダ村からは南西に七〜八十キロほど行けばいいそうだ。デッダ村の〈空間記憶〉とゲートを繋げばいいか。直線距離としてはガラフスク村跡からも同じくらいだ。ただ、《分身》でスキルレベルが下がったことで記憶数が減ったので、帰り用に〈空間記憶〉をしておく。

なのでデッダ村へ移動しようとしたが、ここでオロチマルがな。

『ボクがままを乗せるの〜』

と、謎のやる気が満々だった。空を飛べば道なんて関係ないですか、そうですか。

ローエンには行ったことがなく、マップではスクロールしてもここからは遠すぎて範囲外。ウォルローフ先生にもらった地図（すでに《コピー》してあり、本物はあとで返すつもり）を広げて森や草原を指で辿り、移動予定を確認する。

デッダ村から領都ローエンへ向かう街道はあるのだが、最短コースだと森の上だ。空を飛ぶなら森だろうと関係ないので直進すればいい。

オロチマルの首の付け根あたりに跨る形でまず俺が乗る。ジライヤと違って背中が短いので鞍もなしだと並んで乗るスペースがないのだ。よって膝の上にルーナ、後ろにツナデがおんぶのようにしがみつく形になる。

ツナデが長い尾を俺とルーナに巻きつけて固定してくれた。

ジライヤはオロチマルの影に入り《遁甲》で移動だ。さすがにチワワ化してもスペースが足りない。今後もオロチマルに乗るなら、鞍は必須アイテムだな。

デッダ村近くの森へ移動してから、俺が〈ウエイトダウン〉でアシストして飛び上がる。〈グラビティゼロ〉だと、かえってコントロールしにくいようだ。

獅子の脚力で跳び上がり、翼で飛んでるわけじゃないが、バッサバッサと羽ばたくオロチマル。

木々の上に出ると《飛行》スキルと《風魔法》でものすごい速さで飛ぶ。

多分時速百キロ超えてるんじゃないかと思う。なのに風圧は感じない。このあたりが《風魔法》なんだろうか？　一旦飛行体勢に入ると、翼を羽ばたかせなくなるので、空中の方が安定していて乗りやすい。

「おお、すげぇ……」

『まま、すごい？　ボクすごい？』

うん。すごいから、後ろ振り向かずに前を見て飛ぼうな。

長距離飛行はMP消費が多くて疲れるはずなのだが。あ、そうか。《飛翔》じゃなく《飛行》スキルになったことで、消費MPが減ったのか。オロチマルは休憩を取ることなく飛び続けた。

『やっとままを乗せたんだもん。ボク、いっぱいいっぱい飛ぶから』

「こっから先、なんぼでものせるキカイ、あるんや。むりしいなや」

なんてツナデに諭されてます。念のためオロチマルに〈MPギフト〉と〈タイアードリカバリー〉をかけた。

『フブキ、甘い』

ジライヤから念話がきた。まあ、今日くらいはね。

ちなみに、どうやって風圧を防止してるのか聞いたが『んー、バーって来るのをいーってしてる』とよくわからない答えが返ってきた。オロチマルは感覚派なのだろう。

そして三十分もかからずローエンの街が見えてきた。街へ入る準備をするため、一キロほど手前の街道横の森に降りるようオロチマルに指示する。

街道に出る前に少し休憩しようと言うと、オロチマルが『まま、うまうまちょうだい』というので《魔力操作》でMPを分ける。すると、ジライヤとツナデまで便乗してきた。いいけどね。

あんまり《ギフト》使わせてくれないので、スキルレベルを上げる機会がないなあ。

『スキル《魔力操作》のレベルが上がりました』

いや、こっちじゃなくてね。こっちも上がって嬉しいけど……


俺は街道に着くと荷車を出した。ジライヤたちは大きくなりすぎて二頭立ての必要がなくなった。ここは、引き慣れているジライヤにお願いしよう。

オロチマルは護衛として荷車の横。背中にはツナデが乗っている。さすがに、俺が鞍なしで歩くオロチマルに乗るには練習がいる。

ツナデ曰く、脚の形状が変わったからか、歩き方が以前と違い、乗り心地が悪くなってるそうだ。

長時間乗るなら揺らさずに歩く練習が必要だろうとのこと。今のところ乗れるのはツナデだけだ。

俺とルーナは御者台に上がる。

移動しつつ、売る予定のモンスターを荷台に並べていく。奥に小さいものから、ウイングスクワールやハンマービートルとかを順に出す。

ワイバーンの卵は魔法を解除した上で、割れないようにグレーファングの毛皮に包んで木箱に詰めておくか。温度って体温くらい……鳥の体温って人間より高いって聞いたことあるけど、ワイバーンって爬虫類？　蜥蜴じゃないよね。適当でいいか。

「〈摂氏三十七度二時間〉」

これしばらく大丈夫だろう。ダメでも困りはしないが。

オークはキングの他にリーダーを二体くらいでいいか。後はワイバーンと……もう一体レッサーワイバーンが乗るかな。それと狐獣族の遺体も。

俺とルーナのギルドカードにはオークやらワイバーンやらが大量に記載されているのだ。街に入るときに何も持っていないのはおかしいからな。

荷車がギシギシいってる。

「ジライヤ、重くないか？」

『このくらい、平気だ』

このまま街までなら大丈夫だろう。さて、ローエンの街はどんなところだろうか。

ウォルローフ先生が教えてくれたところによると、ローエンは虎獣族の領主が治める土地らしい。ローエンの南側がヴァレン領で、元ヴァレンシ獣王国の王領だった場所だ。現在は元王都ルーンが、ヴァレン領の領都、そして共和連合の連合議会があるところだそうな。

ヴァレンシ獣王国の王族は獅子獣族だったが、血脈が途絶えたことが内乱の原因だ。現在は王族とは別の獅子獣族が領主となっているという。

ローエン領とヴァレン領の二領は、断絶の山脈に接している。昔から時々断絶の山脈から魔物が溢れることがあり、ヴァレンシ獣王国時代はローエンの街が王都以外の緊急時の避難場所とされていたそうだ。だからか、ローエンの街はなかなか頑丈そうな障壁と、湖と川を利用した堀に囲まれた大きな街だった。

俺たちがオークキングを倒さなければ、溢れた可能性が高い。

入街に審査があるのはいつものことだけど、揃いの鎧をつけた兵士が門番に立っていて、ヴァンカより審査が厳しそう。

俺は審査待ちの車の列に並ぶようにジライヤに指示する。手綱なんてないよ、言葉で指示すればいいからね。

徐々に進んでいくことで、門から街並みが見えた。建築様式はヴァンカと変わらないな。元は同じ国の領土だし当然か。

門に立っていたのは熊獣族と河馬？　河馬獣族なのか？　どちらも身長二メートル超の大きな身体をしていた。

荷車を引くジライヤと、オロチマルと騎乗しているツナデも、あまり見かけない種族らしく驚かれたが、そこはエバーナから渡ってきた冒険者だと説明すると「向こうにはこんなモンスターがいるのか」と納得していた。

荷物について聞かれたが、「倒したモンスターを冒険者ギルドで売却する」と伝えると、河馬獣族の門兵が確認するため後ろの幌をまくって——野太い悲鳴をあげた。

「こ、これはワイ……」

慌てて口をつぐんだ河馬獣族の門兵は、どたどたとどこかへ走っていった。

あれ？　持ち込み禁止品だったの？　なんて考えていたら、すぐに数人の兵士を連れて戻ってきた。

「冒険者か？　事情を聞きたいので同行願おう」

他の兵士より少し上等な鎧を身につけた先頭の兵士が、俺たちを門横の建物に促した。

ジライヤたちに荷車を任せて、特にオロチマルのことを任せて、俺とルーナは兵士の後についていく。

城壁に隣接されたというより、城壁の一部だな。石造りの建物の中、案内された場所は天井が高く、真ん中にテーブルと椅子しかない殺風景な部屋だった。

「上位種オークとワイバーン、あれはどのあたりで遭遇したのか」

この部屋って尋問部屋？　なんだか審議官とのやりとりを思い出すなあ。

俺は、ウォルローフ先生が一筆認めてくれた紹介状を渡した。

そして、紹介状の主がヴァンカの冒険者ギルドに報告をしてあるから、ローエンの冒険者ギルドに連絡が行っているかもしれないことを先に伝える。

正直に話すことにした。それが昨日までの二日間の出来事だとはおくびにも出さないけど。嘘は言ってない、黙っていることはあるけどね。

護衛依頼で断絶の山脈の龍の顎へ行ったこと。

デッダ村から東に向かう道を登っていったこと。

二合目あたりからオークを見かけ、五合目にオークの集落があり、オークキングがいたこと。

この集落は仲間とともに潰したが、他にもオークがいると思われること。

ここまで話したとき、上等な鎧を着た兵士――どうも部隊長であるらしい男は、部下に冒険者ギルドへ確認を取りに走らせた。

「オークの件は了解した。それでだ。あのワイバーンは……」

俺の受けた依頼は護衛の他、〝龍の顎〟に遺品を回収にいくことだったが、襲ってきたので返り討ちにしたと説明した。

「五級冒険者が、ワイバーンを倒したのか……」

四級に上がるためには、確かギルドの出す試験に受かる必要があった気がする。

試験は各街のギルドマスターが設定するので、その都度内容が違うし、受験資格は五級以上の依頼十件の達成だったっけ。

五級昇級条件には依頼数の達成条件はなく〝対人戦闘〟のみに限定されていたことを考えれば、五級と四級の間が一つのラインなのかな。

俺は昇級を急いでいないし、ヴァンカに来てからはウォルローフ先生の依頼しか受けていないので、試験を受ける条件も満たせていない。というか、五級になってからも低級の依頼しか受けていないのだ。

オークやワイバーンだって、冒険者ギルドで依頼を受けたわけじゃないしな。

「見たこともないモンスターを従えているのだな。ロモンでも聞かない種族だが……」

「三頭ともエバーナ大陸から連れてきました。エバーナ大陸中央のベルーガの森の固有種かもしれません。俺はこのあたりのことに詳しくないんで」

そう言うと、半分くらいは納得してくれた……と思う。

「隊長」

冒険者ギルドに行かされた兵士が戻ってきて、隊長に耳打ちする。

「確認が取れた。確かにオークについての連絡があったそうだが、つい今朝の話だそうだ」

ウォルローフ先生がヴァンカの冒険者ギルドに伝えたのは昨日の昼だからな。

その後、オークの集落の規模や数などを尋ねられた。俺とルーナのギルドカードに載っているオークの数は全体の三分の一くらいだ。

ザナルさんたちはどこのギルドにも所属していないし、フェスカ神聖王国に追われ隠れ住んでいたから、身分証のようなカードは持っていない。

今のフェスカでは、獣族にカードを発行することはないのだ。奴隷には〝隷属の魔道具〟をつけるのだが、あれをつけられると討伐は主のカードに表示されるそうだ。ジライヤたちの倒したモンスターが俺のカードに載る、《従魔契約》と似たようなシステムなんだろう。

「ああ、そうだ。オークの巣から狐獣族の遺体を持ち帰ったんですが、身元が判らないのでお渡ししていいですか」

冒険者ギルドとどっちがいいかわからないので聞いてみたら、受けてくれるということで、話が終わったあと三人の兵士とともに荷車に戻る。

「フブキ」

俺を見つけてツナデが飛びついてきた。すると、三人の兵士が後ずさりする。

「「「しゃ、喋った！」」」

あー、うん、驚くか。

念話でツナデに話しかける。

『悪い、街中では念話で頼む。このあたりでは話せる魔獣は珍しいみたいだ』

『ええよ、ウチも気ーつける』

「この子、俺の名前を呼べるようになったんですよ〜。すごいでしょ〜」

と、ツナデを撫でながら、話せるのは〝名前だけ〟アピールをしておく。鸚鵡や文鳥だって物真似だけど喋るじゃん。

御者台の方から荷台に上がり、狐獣族の遺体を抱えて運び出す。

五合目にあったオークの集落は三合目のガラフスク村跡から続く道はなく、位置的には北東よりだ。断絶の山脈を登る道はデッダ村以外からでもあるだろう。

「他に、身元のわかるような荷物はなかったか？」

「オークの巣に押し込まれていたので、とにかく遺体だけ運び出したんだ」

兵士の一人に、そう答えた。

「わざわざ運んでもらったことに礼を言う。通常は、身分証か所属ギルドのカードを持ち帰るくらいなんだ」

俺は二人分の遺体を持ち帰っている。

冒険者は仲間であっても、状況如何では遺体ではなくギルドカードを死亡証明として持ち帰るものなんだとか。

村人でも領主の治める街の役所で身分証になるカードを発行してもらえるから、外に出る仕事をしているものはカードを持っている。カードがなければ、どこかの街に入る度に税金を取られるからな。

冒険者は倒したモンスターの素材を売って金を稼ぐため、素材の運搬を優先してもおかしくない。

まあ、ジライヤやオロチマルがいれば、荷車の使えない場所でもそこそこ荷物は運べる。

オークキングやオークリーダーの死体を素材として持ち帰っているので、それくらいは運べるだろうと思われたかな。

なにせ、でっかいワイバーンも持ち帰ってるからね。

ワイバーンの巣は〝龍の顎〟より尾根を北東の方向に、かなり進んだ場所にあった。俺は従魔で移動したが、人の足で尾根伝いには行くことができない。

麓(ふもと)から登れる道があるかもわからないから、ワイバーンの死体を運んでる方が驚きだろう。

いや、龍の顎に行ったとは言ったが、ワイバーンの巣に行ったとは言ってないな、俺。

兵士の引いてきた台車にそっと遺体を載せると、部隊長以外は戻っていった。

「身元がわかれば身内から謝礼が出る。しばらくはこの街に滞在するのか？」

そう尋ねられたが、俺たちは旅の途中でこの街には長居はしないから謝礼はいらないと辞退した。

そして、部隊長に冒険者ギルドの場所を教えてもらって、ようやく移動する。

オロチマルは人目をひくのかな。街中を見ると、結構大きい輓獣(ばんじゅう)はいるが四つ脚の獣が多い。二足歩行の鳥が歩いて移動するのは珍しいのだろうか？　ジライヤより、オロチマルが見られているような？

『なあに？　フブキまま？』

「いや、なんでもないよ」

オロチマルの横を歩きながら、首のあたりを撫でる。フワッフワの羽毛が手に心地よい。

そんなこんなで冒険者ギルドに到着だ。大きい街のギルドだけあって立派な建物だ。ただどこも造りは似ていて、横に回れば車を横付けできる搬入口がある。

「ルーナ、ギルドカードを貸してくれ。悪いけどみんな荷車で待っててくれるか？　先に受付で確認してくるから」

「いいよ」

『見張りやな、まかしとき』

『わかった』

『いってらっしゃい〜』

全員の返事をもらって、俺は建物の中に入っていく。

冒険者ギルドの中の造りも、どこも似た感じである。

建物の様式や家具などの拵えが違っても、求められる機能が同じだから、違和感は少ない。

獣族の国だからと言って、人族が全くいないわけでもない。

カウンターが混み合う時間ではないので、すぐに俺の番がきた。

「今はヴァンカに拠点を置いてるんだが、こちらで素材の買い取りを頼めるか」

ブライス船長に「フブキの喋り方は上品だな。丁寧に話す冒険者はいないぞ」と指摘されたこともあり、ややぞんざいな喋りを心がけてみる。

「はい、できますよ。買い取り素材はなんでしょう」

「あー、未解体なんでカウンターまで持ってきていない。荷車に載せたままだ」

「では、正面左の道側から車用の搬入口にお回りください」

「ギルドカードの更新も頼む。ポーター登録している妹が六歳になったんだ。それと、俺の方は従魔の種族変更だ」

「はい。ではギルドカードをお預かりします」

ルーナが少し大きくなったので年齢を上げることにした。種族も変更した方がいいかと思ったが、ナビゲーターに『ハイビーストはレア種族なので、子供のルーナがハイビーストと知られるといらぬ注目を集めます。やめた方がいいでしょう』と言われたので、種族はそのままにしておく。

「えーっと、こちらのカードが妹さんの……え？　……オークバンディット？　上位種オーク……え、え？　レッサーワイバーン？」

ルーナのギルドカードを見て、受付職員が顔色を変えた。そのまま俺のカードの裏を見る。

「まさか……キング？　ワイバーン？　ちょちょ、ちょっとお待ちを!!」

俺とルーナのカードを掴んで、受付職員が奥に駆け込んでいった。

他の職員が訝しげに振り返って、奥に駆け込んだ職員を見て、ついで俺を見る。つられて隣のカウンターの冒険者も俺を見る。

俺はよくわからないと肩をすくめてみせた。欧米人的な仕草で自分でも似合わないなと思っているところに、受付職員が戻ってきた。

「すみません。えっとフブキさんでしたか、ギルドマスターのところに一緒にお越し願えますか」

ギルドマスターのところ？　ああ、オークの集落の件かな。

受付職員に案内されて建物の三階へ行くと、階段を上がって突き当たりにある扉を開けて中に入るように言われる。

正面の執務机にはいかつい獣族が座っていた。鬣（たてがみ）のような髪型からして、獅子獣族だろう。

「お前が五級冒険者のフブキか？　えらくひよわな人族だな。本当にオークキングを倒したのか？」

獅子獣族の手には二枚のギルドカード。俺とルーナのカードかな。

俺は兵士から返してもらったウォルローフ先生の手紙を差し出す。

「オークの集落について、ヴァンカの冒険者ギルドから連絡がきてるはずですが。その連絡の後に集落を見つけて、俺たちの他、断絶の山脈を越えてきた獣族たちと一緒に潰（つぶ）しました」

こういう言い方をするとザナルさんたちが〝断絶の山脈を越える〟力を持った強い獣族だと思われ、俺だけの力じゃないって思ってもらえるかな。

ギルドマスターは髭（ひげ）というか鬣（たてがみ）に覆われた顔をしかめて、カードと俺を見比べる。

どうも怪しんでるが、実際ギルドカードの裏の討伐には大量のモンスターの種族名と数が表示されている。

「俺はテイマーで、三頭の従魔を連れてます。ちょうど従魔の種族変更をしてもらおうと思ってたんですが、三頭の種族は〝マーニ＝ハティ〟と〝ハヌマーン〟と〝グルカン〟で、単体討伐対象一級相当の魔獣です。級下のオーク上位種やレッサーワイバーンくらいは軽いですよ」

俺の力ではなく従魔がすごいんですアピールをしてみた。

このモンスターの級についてはグルカスさんが教えてくれた。彼は鍛冶師だが、冒険者をメインに活動していた頃もあるそうな。長寿種だもんな。

俺の鑑定に表示されるモンスターランクがアルファベット仕様なのは、ナビゲーターが俺にわかりやすくするために変換してくれているそうだ。驚きの事実！

ちなみに、冒険者ギルドが設定する単体討伐対象というのは、単体で現れたときに依頼として出される級で、鑑定のＭＲと同じではない。

「一級モンスターを従魔にしているだと！　テイマーの従魔は〝存在進化〟するが、一級まで上げるにはどれほどの戦闘をこなしてきたというのか……」

おお、さすがギルドマスター。よくご存知で。でも、取得経験値が五倍になる《取得経験値補正》のおかげです。あ、レベル３になって七倍になったっけ。俺以外はレベル２だから六倍だけど。

テイマーの国であるロモン公国は、ヴァレンシ共和連合の東隣の国だったはず。

ブライス船長が知ってたくらいだし、ロモンからテイマーについての情報はたくさん流れてくるのだろう。

俺の説明に納得してくれたのか、ギルドマスターはオークの集落について質問してきた。

しかし情報が届いたのが今朝のことで、もう討伐済みなのがどうにも納得できないらしく、ギルドカードの討伐の項目を直（じか）に確認したかったようだ。

俺は荷車がなければ〝マーニ＝ハティ〟や〝グルカン〟に騎乗して百ウルト（百五十キロ）など一刻（二時間）もかからず移動できると説明した。

さらに、キングを倒してオークの巣を潰（つぶ）したが、周辺の探索や逃げた生き残りオークがいるかどうかの確認はしていないことも話す。

ギルドマスターは周辺の地図を広げ、キングのいた巣の場所を聞いてきた。ローエン領と断絶の山脈しかないし、街道も載っていない簡単な地図でわかりにくいが、自分のマップを縮小表示して照らし合わせ、おおよその位置を示した。

オークの巣が潰（つぶ）されていることを確認できたら報奨金が出るが、確認には数日かかるとのこと。

ローエンに長居する予定はないのでどうしようか。

一度ヴァンカに戻るので、後日顔を出す約束をし、話は終わった。荷車に積んでいるオークキングとワイバーンを買い取ってもらえるというので、受付職員についてギルドマスターの部屋を出る。

ん？　どうしてギルドマスターもついてくるの？

「オークキングなど滅多（めった）にお目にかからんモンスターだ。俺も拝んでおこうと思ってな」

「頻繁（ひんぱん）にお目にかかったら大変ですよ」

ギルドマスターの言葉に、ついてきた受付職員が突っ込む。そりゃあそうだ。

ワイバーンの方は珍しくないようだ。ヴァレンシ獣王国には、騎竜士と言ってワイバーンに乗った軍隊（？）があったが、そこでテイムしたワイバーンの繁殖に成功したみたいだ。今もヴァレン領で飼育しているブリーダーがいるんだね。

でも、竜騎士じゃなく騎竜士なんだ。騎士じゃないから？

「フブキ、遅い！」

「悪い悪い」

待たされたルーナが、御者台からお怒りの顔を覗かせる。

「うお！　これがマーニ＝ハティか！　なんて大きさだ。で、こっちがクルカン？　キマイラホークに似てなくもないが、グリフォンとも違うし、見たことのないモンスターだな。もう一頭のハヌマーンとやらはどこだ？」

ギルドマスターは、本当はオークキングではなく、俺の従魔を見に来たのか。

「ツナデ」

俺が呼ぶと、御者台からふわりと飛び上がり、俺の背中に抱きついた。

『なんや、このおっさん』

ギルドマスターを睨みつつ、念話で話しかけてきた。

「ここのギルドマスターだ」

『ふーん』

『フブキまま～、まだここでお留守番？』

オロチマルが、待つのに飽きてきたようだ。俺の胸に頭をこすりつけて甘えてきた。

「悪いな、オロチマル。もうちょっと待っててくれ」

首回りをもふもふと揉みまくってご機嫌取りをする。俺より大きくなって上を向かなけりゃならなくなった。

「本当に慣れているようだな。従魔の印もないのにおとなしい。本物のテイマーで間違いない、しっかり躾けられているようだ」

ああ、俺のテイマーとしての能力……従魔をきっちり従えられて危険がないかの確認も兼ねていたのかな。

「荷車をこちらに回してください。あちらの搬入口が大型や未解体素材専用搬入口になってます」

少し離れたところにいる受付職員に声をかけられた。ギルドマスターと違ってオロチマルに近づくのは怖いのか、声も震え気味だ。ジライヤは荷車を引くためハーネスをつけてあるが、オロチマルは手綱も何もない。あ、だからみんなオロチマルを見てたのか！

「ジライヤ、頼む」

声をかけただけで動き出したジライヤを見て、ギルドマスターが目を見開く。

「言葉で動くか。そういえばこっちも手綱がついてねえ」

うん、必要ないからね。

御者台から乗り込み、一番奥に置いてあるワイバーンの卵が割れていないことを確認する。

荷車が止まったところで、荷車の後ろの幌をめくる。

俺がワイバーンを運び出すと、ルーナがオークリーダーを、ツナデがウイングスクワールを運び出す。

「これを全部売るのか」

「ええ、数が多いので、解体してないものばかりですが」

「おう、いいぞ。おい！　何人か運び出しを手伝え」

ギルドマスターの指示で、解体場の職員だろう、汚れたエプロンをかけた獣族がやってきた。

「すげえ、ワイバーンだぜ」

「オークキングなんて初めて見たよ」

「あの卵って何の卵だろ」

そんなことをささやき合いながら、次々と荷下ろしが進んでいく。

オークキングとオークリーダー二体、ワイバーン一体、レッサーワイバーン一体で荷台が一杯だ。

魔石は抜き取ってある。

残りのレッサーワイバーンは、また別口で売りに行くか解体してしまうかだな。

「査定にしばらくお時間をいただきます」

中に戻り、ギルドカードの手続きをすることにした。ルーナはついてきたが、ジライヤとオロチマルを中に入れることはできないので、ツナデにも一緒に外で待っていてもらうことにした。

もうオロチマルは、建物内に入るのは難しいな。一番甘えん坊でひっつきたがりなのに、この先どうにかしないと。

受付で手続きの再開だ。俺とルーナの討伐数を合わせると――

【討伐】狼・3、ウイングスクワール・3、ナイトアウル・1、ハンマービートル・2、オーク・9、ジャンキーボア・4、オークライダー・4、オークアーチャー・4、オークバンディット・6、オークウォリアー・3、オークリーダー・3、オークキング・1、レッサーワイバーン・8、ワイバーン・2

すごい数だけど、思ったよりオークが少ないのは、グルカスさんやザナルさんたちが頑張ってたからだな。

麻痺させて動けなくしていたから楽だったたってこともあるけど、ザナルさんたちは狩人だけあって、急所を確実に仕留めていた。

あ、魔石も忘れずに売って、その分のお金をみんなに渡さないと。魔石のことをついつい忘れてしまう。

狼はモンスターではないので、討伐依頼が出ていなければ討伐数にカウントされないようだ。

単体討伐とするなら、ウイングスクワール、ナイトアウル、ハンマービートル、オークが七級モンスター。

オークライダー単体も七級でジャンキーボアは六級だけど、通常ライダー系は騎獣とセットなので、〝ジャンキーボアに乗ったオークライダー〟で一括りになって五級なんだそうな。

ライダー系は騎獣によりランクが変わるし、対で一体換算らしい。

オークアーチャー、オークバンディット、オークウォリアーは単体だと六級だけど、単体五級のオークリーダーに率いられた集団ということで、四級扱いになる。

オークキングは単体で出ることはないため、単体討伐というのはおかしいけど、一応二級設定となっている。ただし今回は【オークキングに率いられた集落の壊滅】という扱いで、巣の壊滅が確認できれば、なんと一級依頼になるとか。

オークキングを未解体で素材売却に出しているから、まず間違いなく達成扱いになるだろうとギルドマスターが言っていた。

本当はバラバラで倒しているんだが、こまめに報告してないので、全てのオークは【オークキングに率いられた集落の壊滅】に一括される。まとめて一つの依頼ってことだ。

一応討伐数に対する金額は、集落の壊滅とは別に払われる。

結果、ウイングスクワール、ナイトアウル、ハンマービートル三種一まとめで【断絶の山脈の魔物退治】で六級一件、ワイバーンとレッサーワイバーンがともに三級で二件、オークキング二級の四件の依頼達成と、一級の【オークキングに率いられた集落の壊滅】の確認待ち一件、ということになった。

優扱いなのは、未解体でも素材を持ち込んだかららしい。

レッサーワイバーンは強さで言えばＭＲ・Ｃでも下位なんだが、飛行モンスターであるため冒険者ギルドの討伐依頼としては三級と高い。強さに差があるはずのワイバーンも同じく三級。どちらも飛んでて討伐の難しさは同じなんだと。

ウォルローフ先生の依頼は、ここではなくヴァンカで終了処理してもらわないといけない。あれは特殊依頼だからな。つっても、カウントされない九級依頼だけど。

【依頼達成】
八級・3／11／0
七級・5／14／0
六級・4／3／0
○五級・1／2／0
四級・1／1／1
三級・2／0／0

報酬の合計が十六万六千七百七十オル。なんと、オークキング討伐単体で十万オル。素材代含まずこの値段だった。

一気にオルが増えた。【オークキングに率いられた集落の壊滅】の依頼達成に関しては判定待ちなので含まれていないし、買い取りに出した素材と魔石も査定待ちなのでそれも含まれていないから、さらにオルが入る予定だ。

これでローエンでの用事はおわ……ってない。肝心の鞍と装具の購入だ。

俺が作ったハーネスは、どうも荷車を引くには不具合がある。元が大八車用だったからな。

ローエンに来て感じたが、車を引く輓獣（ばんじゅう）の種類がテルテナの街と比べて多い。向こうも牛系のロールホーンや亀系のモンスターとかもいたが、さらに二足歩行タイプに六足歩行までいる。

輓獣（ばんじゅう）だけではなく騎乗しているのもあるので、獣車の牽引（けんいん）用ハーネスだけでなくオロチマル用の鞍も手に入りそうだ。なんたってワイバーンに乗る騎竜士がいるのだから。

査定待ちの時間に、職員に獣具を専門に作っている工房を紹介してもらおうと聞いてみたが、ここよりさらに南の元ヴァレンシ王都、現ヴァレン領都ルーンの方が、その手の専門工房が多いそうだ。

そういえば、ヴァレンシ獣王国時代に騎竜士団というワイバーンやレッサーワイバーンに乗る軍隊があったって言ってたな。そのせいか従魔の鞍を作る工房、腕の良い職人が王都に集中していたそうなので、オロチマルに鞍をつけるなら向こうでオーダーするといいとのこと。

騎竜士団は元王国軍の一部署だったが、国じゃなくなったときバラバラになったものの、ヴァレン領軍となり残ったものや、軍をやめてクランをつくって冒険者になったものなどが、今も元王都のルーンの都にいるそうだ。ヴァレンシでは空を飛んで移動しても、さほど奇異な目で見られることはなかった。

飛行型騎獣は、ヴァレンシ冒険者の憧れでもあると。

ほうほう、今から行くには遠いな。断絶の山脈を越えて東に行くことも考えていたが、山越えはやめて、ヴァレン領経由でロモン公国に行くことにするか。

山脈の向こう側ってフェスカだしな。

じゃあ査定終了まで時間つぶしするんじゃなくて、後日受け取りに来るってことにしようかな。チャチャにお弁当を用意してもらったけど、今から帰れば昼は家で食べられる。

「待て、待て、ちょっと待て」

帰ろうと思ったら、またギルドマスターに呼び止められた。そして、再びギルドマスターの執務室にご招待である。

なんだかすごいしかめっ面なんだが、何か問題があったのだろうか？

キングの魔石を売らなかったからかな？　一応《コピー》してあるけど、ウォルローフ先生が欲しそうだったから、このあたりで売りに出すのはまずいと温存中だ。俺もその内《錬金術》や《調合》とかで使おうと思っている。

「あの卵の件なんだが……」

魔石関係じゃなかった。

秘技〝時間遅延からの空間固定〟で無理やり生物を《アイテムボックス》に収納することで時間停止していたから、取り出したとき中の雛は無事だった。

「あれはワイバーンの卵だよな。孵化までまだ少しかかるが、あれを売りに出すのか」

「フブキ、オロチマルみたいに従魔にしないの？」

隣に座るルーナがそう聞いてきた。ギルドマスターも同意見みたいで頷いている。

「テイマーや騎獣士なら絶対欲しがるワイバーンだぞ。なかなか手に入るもんじゃない」

飛行型騎獣は冒険者の憧れだったな。

うーん、飛行タイプはオロチマルがいるからなあ。あそこまで大きくなれば、ルーナと二人乗り……いやツナデと三人乗りか。鞍なしではきついが、鞍をつければ三人で乗れると思う。

飛行時にツナデは《風魔法》でアシストしていたし、三人乗るときは俺も《重力魔法》や《風魔法》でアシストすれば問題なく飛べた。

ジライヤだけ乗れなかったけど、鞍をつければチワワサイズになってもらって全員乗れるんじゃないかと考えている。鞍次第だが。

「それに、卵を孵化させてのテイムは、通常のテイムと違って難易度が低いぞ」

難易度低くても、これ以上大きな従魔は必要ないと思うんだ。家に入れない大きさの従魔は仲間はずれみたいでかわいそうだし。

だいたいこのメンバーでなんでもできるし、不自由はない。うん、必要ないな。

「すでに今の従魔で事足りてますんで、俺には必要ないです」

「そうか。ならオークションに出さねえか」

「オークションですか？」

オークションが聞かれるのは、ここローエンの街ではなく、ヴァレン領都ルーンだそうだ。ルーンでは定期的にオークションが開かれているとのこと。そこに出品を勧められた。

ヴァレンシ共和連合の中心は、地理的に言えばヴァレン領西方のレンセン領の街レンセンだが、経済的かつ政治的な中心は今もルーンにある。元王都というだけありルーンは一番大きく、かつ栄えている。

あと、ヴァレン領は唯一ロモン公国との国境が接していることもあり、ロモン公国やシッテニミ国との交易品はまずルーンに集まる。商業的な意味でも一番盛んなのだ。

ヴァレンは港町で、テルテナ国やツーダンやワラバンセカとの取引もあるが、如何(いかん)せん大陸の端っこのため、流通の問題で負けている。まあ、それは置いておいて。

「でも、ルーンまで運ぶのはちょっと……」

移動するのは簡単だけど、日にちがかからなすぎたら変だよな。かといって、荷車でガタゴトいって途中で孵化したらやばい。

「こっちに任せてくれれば手筈は整える。オークションの手数料は税金込みで通常二割だが、珍しいもんを色々買い取りさせてもらったし、運搬からオークション出品の手続き含めて手間賃一割追加で受けるぞ。お前の手元には七割残ることになるな」

ギルドマスターは「オークションなら売値の十倍は堅いぞ！　損にはならん」と唾を飛ばす勢いで超オススメしてくる。

ちなみに冒険者ギルドが買い取ったものをオークションにかけることはできないそうだ。

そのあたり、高額商品にはチェックが入るのだとか。十分の一なら買い取った方が得なんじゃあないのか？　そこは商業ギルドとの関係とか、色々事情があるようだ。

「移動を考えているんで、金をローエンじゃなくて他の街、あーそのルーンとかで後日受け取ることはできますか？　従魔に鞍を作りたいので、いずれ向こうに行くつもりにしてるんで」

お金の受け取りのために戻ってくる手間がね。〈空間記憶〉しておけばあっという間に戻ってこられるけど、移動時間がほとんどかかってないことがバレたらややこしくなる。ウォルローフ先生から「ゲートのことはくれぐれもバレないようにしろ」と釘を刺されている。

「ああ、その辺は大丈夫だ。希望はできるだけかなえる」

なんだかんだと相談した結果、後日ローエンに来たときにオークションの状況を確認して、オークション分の受け取りを相談することになった。

あと、ついでにオークキングの睾丸もオークションに出すことを勧められた。どうも強力な精力剤の原料なんだとか。……EDにも効果ばつぐんらしい。俺には不要なのでお任せした。

相談中に魔石の査定が終わったようで、職員の人が代金を持ってきてくれた。

グルカスさんたちの分も預かっていたので、数はすごい。

十七等級二十三個、十六等級四十七個、十五等級五個、十一等級六個、十等級二個で一万六千二百オルだ。テルテナより売値が安いな。けど、これでようやく終わりだ。

話が長引いて時間を食ってしまった。ジライヤたちを待たせすぎたな。でもこれからは建物の中に一緒に入れないだろうから、待つことを覚えさせないとな……オロチマルに。

今日はお買い物の時間がなくなってしまった。街ブラはお預けだ。

ギルドの建物を出ると、案の定オロチマルが拗ねた。

『まま～、退屈だったの、遅いの、お腹すいたの』

ウリウリと頭をこすりつけてくるオロチマルをなだめつつ、ローエンを出る。

道は北西のヴァンカ方向と、北東のデッダ方向に分かれている。デッダ方向には森が見えているので、あのあたりの人気がなさそうなところまで移動してから荷車を収納し、ゲートを繋いで戻ることにした。

ふと空を見上げると、飛行騎獣が目に入った。あれって鳥とかじゃなかったんだ。よく見れば人が乗ってたわ。

帰りもオロチマルが自分に乗るようせっついたが、早く帰ることを優先してゲートを繋ぐ。ローエンの冒険者ギルドで予定以上に時間がかかった。

もうすぐ五刻というところか。空腹を感じるはずだ。チャチャが用意してくれたお弁当はアイテムボックスの中だから冷めないんだけどね。


ログハウスに戻ると、〈分身〉が《錬金術》でログハウスに窓を取りつけていた。

窓はもともとあるけど、ウォルローフ先生の屋敷の格子付きのガラス窓を《コピー》して嵌(は)め込んだようだ。

スキルレベル1でも〈変型〉が使えるし、ユニークスキルはレベルが減少しないからな。〈合身〉してから〈硬化〉と〈強靭〉をかけて丈夫にするのを忘れない。

明かりとりが増えて、室内が明るくなったよ。

昼食を済ませてから、ウォルローフ先生にローエンでの報告をした。ミルさんの治療終了まで時間があるので、その時間を使って、色々教えてくれることになった。

最初は人種別の生命力値(HP)と魔力値(MP)について。

個体差というか、特性というか、肉体派か魔法派でＨＰＭＰ量に差が出るが、二つの合計は種族とレベルで似たような数値になるそうな。

HPが高いのは獣族とドワーフ族、MPが高いのはエルフ族と小人族。

特にHPとMPに個体差が出るのが魔族と人族だそうだが、合計値が高いのが魔族、低いのが人族だそうだ。

そして人族レベル10の基礎HPMP合計値は1000から1500、レベル20で2500から3000だそうだ。基礎ってことで、鍛え方次第でもっと伸ばせるし、そこに職業特性値やら加護やら祝福やらの効果で、いくらかプラスされる。

俺がレベル10のときって合計値10000を超えてたよな。うん、加護二人分効果というか神様チートってやつだな。

このMPあっての《メディカルポッド》だ。一般人族だと維持MPすら不足する。

先生との会話はルーナたちには退屈だったようで、種族レベルが上がった身体の確認をすると言ってトレーニングに行った。

森を破壊しないよう、そういう系のスキルは慎むように、と言い含めた。特にオロチマル。

ツナデとジライヤがついているから大丈夫だとは思う。なんだかんだ言いつつ、オロチマルは遊び以外ではツナデとジライヤの指示に素直に従うのだ。

他にもこの大陸に暮らす種族について教えてもらった。

魔族と呼ばれているのは〝強い魔力を持つ種族〟の総称で、実際はいくつもの種族に分かれている。

人族が白色人族や赤色人族などに分かれているみたいな?

ゲームにありがちな悪の種族ではなく、この世界に生きる一つの種族である。日本語で〝魔族〟って聞くと、どうしても言葉に対する先入観があってな。《言語理解》がそう翻訳しているだけで、意味は違うのだ。

あと、どうしても種族的な考え方の相違が存在し、人族との諍い（いさか）は多いようだ。

〝HPとMPの合計値が高いのが魔族、低いのが人族〟ということもあり、魔族が人族を下に見る傾向にある。

でもそういうのって、魔族に限った考え方じゃないよね。フェスカには人族至上主義があるんだから。

元々ラシアナ大陸では北側に獣族、南側にエルフと小人族、東側に人族、西側に魔族、山脈にドワーフが住んでいたが、長い歴史の中で滅んだ国や新たに生まれた国もあり、勢力の変化とともに種族の分布も変わっていったそうだ。

「お、なんじゃ。勉強中か？」

ウォルローフ先生の書斎に、グルカスさんが顔を出した。

「ちょうどよかった。グルカスさん、オークの集落殲滅（せんめつ）の報酬の件なんですが」

「報酬？」

ローエンでのことを説明し、オークの分がキングに率いられた集落の殲滅（せんめつ）依頼として処理されることになった話をした。

「ワシは鍛冶師ギルドのカードを今も持っているが、ザナルたち獣族は身分証を持っておらん。今のフェスカでは、獣族は奴隷扱いしかせんからな」

実際大量のオークを倒しているが、討伐を証明できるものがないそうだ。依頼として受け取ることができなくとも、素材の売却金を渡すようにすればいい。

「討伐に参加したと言っても、ワシらはフブキが動けなくしたやつらのトドメをさして回っただけじゃぞ？」

「俺たちだけじゃもっと時間がかかったはずです。グルカスさんたちの協力、ミファさんやラージェからの情報がなければ、集落を探すのももっと大変だったでしょう」

少し押し問答っぽくなったので、ならと魔石の売却金一万六千オルを渡した。

やはり先立つものは必要だ。「みんなで分ける」とグルカスさんは嬉しそうに受け取った。口に出さないが、山越えを選んだ責任を感じているようだ。

まだ素材の売却金を受け取ってないし、魔石の売却金なんて微々たるものだ。他にお金になるものの何かないかな？　オークって素材としてどうなんだろうか？　まだ未解体の上位種オークがアイテムボックスにいっぱいあるんだよ。

「オークって、魔石以外にどこか素材になりますかね」

キングは睾丸が薬になるそうだし、他も何か売れるかも。ローエンの冒険者ギルドでは、ワイバーンとレッサーワイバーン一体ずつとオークリーダー二体しか売りに出してない。

「肉は臭くて食えたもんじゃないが、肥料にすることはできるぞ。あと皮も使える」

グルカスさんが教えてくれたが、そこにウォルローフ先生も追加情報をくれる。

「上位種でも、リーダーくらいなら睾丸が薬になるぞ」

オークの睾丸ってお役立ちなのね。

「じゃあ、俺が持ってるオークをみんなで解体して売れば収入になりますよね。俺には必要ないので、どこかで焼却しようかと思ってたんで」

「そうしてもらえるとありがたいな。これからどうするかは決めていないが、仕事を始めるにも街に入るにも、先立つものは必要だ。金はあって困るもんではない」

グルカスさんに元気な人を集めてもらって、総出で解体を行うことになった。

種族的というか、職業的に兎獣族一家は無理かなと思ったけど、「いい状態で薬の素材を集めるために解体は自分でやります」と言う薬師見習いだったネッサさん。ちゃんと《解体》スキルを持ってたよ。

ノルさんとアレアさんも「解体と料理ができるのは、狩人のいい嫁の必須条件です」と女の子たちも連れて、参加だ。ダダンさんやニージェさんは狩人だったな。

当然男の子たちも参加。「狩りと解体は生きていくための最低限の能力」なんだと。隠れ住んでたから、解体と採取は子供でも参加だった。

においと後始末のことも考え、屋敷から少し離れた場所ですることになった。

廃棄用の穴を掘ってから、とりあえずオーク上位種を十体ほど出した。準備をしていると、俺たちを見つけて、ジライヤたちが駆け寄ってきた。

ツナデとルーナが、解体スキルアップを目指して参加すると言い、それぞれマイナイフを取り出す。

血のにおいに惹かれてやってくる獣がいるかもしれないので、ジライヤとオロチマルに護衛を任せて、俺は屋敷に戻る。

ここにザナルさん一家はいない。時刻はもうすぐ七刻で、ミルさんの治療終了時間が近づいているからだ。

屋敷に戻り、ザナルさんたちの部屋に行くと、またウォルローフ先生がいた。

「先生、今回は女性なので、できれば遠慮していただきたいのですが……」

治療が終わって《メディカルポッド》が消失すると、中の人はマッパで丸見えなのだ。

できることなら俺も遠慮したいが、そういうわけにもいかない。

「むう、それもそうか。仕方ない」

ウォルローフ先生は納得して部屋を出ていった。

「ありがとうございます、フブキさん」

ザナルさんが、ミルさんのものだろう服を手に、礼を言ってきた。

さすがにザナルさんから「遠慮してほしい」と、ウォルローフ先生に言いにくかったようだ。

俺はシーツを《複製(デュプリケイト)》して身体を隠す準備をする。《メディカルポッド》が開きかけたときに上からかければ見えないだろう。

シルは今はマルクに抱きかかえられて、若干ジタバタしていた。《メディカルポッド》に突進しようとするのを押さえられている。

その後ろには、ザナルさんの弟のガレルさん夫婦と娘のビビちゃん。三人は完治したと言いがたいので、解体に参加せず、部屋でミルさんの治療終了を待っていた。

三人には生命スキルしか使ってなくて、貧血と栄養失調が少し残っているのだ。

『マスター、時間です』

ナビゲーターのセリフとともに、《メディカルポッド》にまっすぐ線が走る。

ぱかりと割れた瞬間、俺はシーツをかぶせ後ろに下がった。

「ザナルさん、奥さんに声をかけてください」

少し遠慮がちに一歩下がっていたザナルさんは、怖々と《メディカルポッド》を覗き込む。自分が入っていたときのことは記憶にないらしい。

「ミル、わかるか？　オレだ」

「……ザナル？」

《メディカルポッド》の中からミルさんの声がした途端、シルが手足をばたつかせて暴れ出した。

マルクの腕を振り払い、《メディカルポッド》に駆け寄る。

「あ、シル！」

「かーたん、かーたん、かーたん」

シルが《メディカルポッド》に飛びついた瞬間、ポッドもゲルも光の粒子になって消え、ちょうど母親の胸あたりに飛びつく形になった。

「シル……」

「かーたん、かーたん、かーたん……」

ミルさんはシルの頭を撫(な)でながら、優しく微笑(ほほえ)む。

「まあ、シルは赤ちゃんみたいね。どうし……」

そこまで言いかけ、寝起きでぼんやりしていた意識が覚醒したのか、はたまた治療前の記憶が繋がったのか、驚愕(きょうがく)とも苦悩とも言える表情に変わる。

「ザナル……マルクは」

「母ちゃん、ここにいるよ」

動けず固まっていたマルクが、母親に名を呼ばれたことで、硬直が解けたようにミルさんに抱きついた。

子供二人に抱きつかれた妻を、まるごと抱きしめるザナルさんの顔から涙が滴(したた)り落ちていた。

後ろに控えていたガレルさんたちもミルさんに名を呼ばれ、「姉さん、よかった」と、一塊(ひとかたまり)になって押し合いへし合い抱擁(ほうよう)をかわす。

「あなたたちのおかげよ。残り少ない薬を使ってくれたでしょう」

あの崖の底で、お互いを助けようと頑張った家族だ。

オレはチャチャに用意してもらった麦がゆ？　オートミールっぽい食事を載せたワゴンを《アイテムボックス》から取り出しておくと、そっと部屋を出た。

普通の食事でいいのだが、今まで散々離乳食もどきを出してきたのに、ここで普通の食事を出すのもなあ。……なんて言い訳である。認めよう、誤魔化しているのだよ。

ザナルさん一家が感動の再会を果たしている後ろで、こそっと鑑定した結果、空腹以外の表示はなかった。

部屋を出てその足で二階のウォルローフ先生の書斎に向かい、扉をノックして名前を告げると入室許可が出る。

「ミルさんも問題ないようです。あとはジースくんだけですね」

「そうか、よかったな」

俺は明日のことを切り出す。

「先生。明日ジースくんの治療が終わって無事が確認できたら、出発しようと思います」

「ぬう」

そもそも俺は、使用人代わりに屋敷の雑用依頼を引き受けたはずだった。だが、たった数日の間に塔の森に採取に行ったり、人捜ししたり、オークの集落を殲滅したり、ワイバーンを倒したりと色々あった。

ヴァンカに到着してまだ一週間しか経っていない。怒涛の一週間だったよ。

あれ？　でもよく考えたら、ウォルローフ先生の依頼を受けてなかったら、塔の森に行ってなかったよね。そしたらフェスティリカ神と邂逅できず、雪音たちの情報も得られなかったんじゃないか？

ウォルローフ先生に出会ってなかったら、見当違いの場所を捜す羽目になって、余計に時間がかかっていたはず。

回り道のようで、実は近道だった。

「先生には色々教えてもらえて、感謝しています」

「それはワシの方じゃ。依頼を受けてくれたのがフブキでなければ、グルカスとの再会も獣族のみんなも助けられんかったじゃろう。ワシは身近なものだけを連れてフェスカを出たが、もっと他の者たちのことも考えるべきじゃったと……いや、今更じゃな」

先生は一度言葉を切って窓の外を、多分塔の方向を見る。

「ワシは神でも使徒でもない。手の届く範囲に手を伸ばすだけじゃ」

その言葉の意味を推し量りかね、返事をできずにいると、ウォルローフ先生は俺の方を見てにっと笑う。

「フブキに出会えたことは神のお導きかもしれん。なんだかやる気が出てきたわい。そうか、出発するか。ちょっと待っておれ」

そう言いながらあちこちから何かを引っ張り出してきた。

「これは薬草やポーションの素材をまとめた資料じゃ。持っていけ。ポーションの素材について知りたいと言っておったじゃろう。こっちは――」

説明しながら色々なものを机の上に並べ出した。これは先生の研究資料ではないだろうか。大事なものだと思う。

『イエス、マスター。この世界では印刷技術がまだ発展しておらず、書籍は手書きで作成されているため高価です』

獣皮紙だけでなく、植物紙を作る技術はあるようで、ほとんどの本は植物紙だった。どっちにしろ貴重で高価なことに変わりはない。

「先生、こんな貴重なものもらえません」

「何を言う、本来なら高額な依頼金をもらうべきことをなしたんじゃ。悪いがこれからますます現金は必要になるので、現物支給で許してくれ。必要ないなら売ってもいい。ルーンやロモンの王都のような大きな都市でなら、高額で売れるはずじゃ」

オークキングやワイバーンの卵でかなりの現金も入る予定だ。そこまでお金に困っていないかといって、先生の好意を無駄にするのもなあ。

……先生ならいいかな。

「先生、これコピーさせてもらいます」

「コ、ぺ？　なんじゃ？」

「俺のユニークスキルです《コピー》」

先生が机の上に積み上げたものをまとめて《コピー》する。全く同じ山が隣にでき上がった。

「な、なんじゃと！」

顎が落ちそうなほど口を開けて驚愕するウォルローフ先生。

「魔力で同じものを複製する俺のユニークスキルです」

「……ユニークスキル……《錬金術》とは違うのか？」

ウォルローフ先生は両方の山から本を手に取り、見比べる。

《錬金術》には〈拡大〉や〈増殖〉といった質量を増やすことができるものがあるが、複製するものはない。

といっても、俺も全ての《錬金術》を使えるわけではないが。

『イエス、マスター。スキル《錬金術》に《コピー》に相当するものはありません』

だろうな。あれば、ユニークスキルじゃないもんな。

「本当に、フブキはどこまで規格外なんじゃ。内容もそうじゃが、一体いくつユニークスキルを持っとる……」

そういえば《メディカルポッド》をユニークスキルだって誤魔化したっけ。

俺は規格外というか、神様にチートにしてもらってます。

大きなため息をつきながら、ウォルローフ先生は椅子に深く腰かける。

「本当に、フブキがやってきたのは、神のお導きじゃったんじゃな」

俺もそう思います。

もらった地図も返して、コピーした本を《アイテムボックス》に収納し、解体現場に向かう。まだオークもジャンキーボアもレッサーワイバーンもあるのだ。


あの後、俺も参加して日暮れまで解体した。おかげで俺の《解体》スキルもレベルアップしたよ。

みんなはモンスターのツナデが、ナイフと魔法を使って器用に解体することに驚いていた。

ハヌマーンになって、身体の大きさは鼬獣族最年少のサダルくん十三歳より大きかったりするからな。

けど、そのせいで解体ナイフが使いづらそうだ。進化前のツナデに合わせて作ったから、持ち手が細いようだ。あれも交換が必要だ。

先生にコピーさせてもらった本をパラパラと流し見しつつ内容を確認していたら《錬金術》の本があった。

項目というか目次？　を見ると〈付与〉について書かれているページを見つけた。

「ふむふむ、えっと〝付与には自分の持つスキルを付与する方法と、魔法文字や魔法陣を使って付与する方法がある〟っと。おお。魔法陣って初お目見えじゃね？」

そのまま読み進めると、魔石に付与することでそれ単品で効果を発揮できるものと、魔力を補填するためにいわゆる電池として魔石を使うものがあるとのことだった。さらに細分化すると、魔石に魔素吸収を付与することで自動で魔力充填ができるものと、使用者が魔力供給をしないと発動しないものとがある。

どれも総称して〝魔道具〟と呼ばれる。

魔道具作成については小人族とエルフ族が優れているが、ドワーフ族と小人族と人族が共同で制作することで能力を補いあったものが一般に多く出回っている。

そしてページをめくると、魔素吸収の魔法陣が描かれていた。

「これが魔法陣か、俺にも描けるかな……って、紙じゃなくって魔石に描くの？　魔石って大きくても掌サイズだよね、どうやってこんな……ああ、《錬金術》の〈拡大〉で大きくして描いた後〈縮小〉するのね」

魔法的感覚が染み込んでないせいか、つい普通に考えてしまうな、俺。

さらに読み進めると〈付与〉はスキルレベルが高く、扱える者は少ない。よって多くは魔石に魔法文字もしくは魔法陣を刻み、特定の効果を持つ魔道具を作り出すことの方が一般的だった。

〈付与〉は自分の持つスキルしか付与できないが、こちらは魔法文字や魔法陣がわかれば所持スキルでなくとも作れるからだ。

制作にかかる時間は、圧倒的に〈付与〉の方が短いけど。

以前、お風呂付きの宿で販売していた火と水の魔石も、実はそれぞれの属性の魔石に〈ファイヤー〉

なかった。

と〈ウォーター〉の魔法文字を使って制作されたものだったらしい。結局購入しなかったから知らなかった。

そしてこの魔法文字だが……読めた。普段使ってる文字と違って、なんかルーン文字みたいな？なにこれとか思ったら《言語理解》さんが仕事をしてくれた。

というか、この魔法文字自体がこの世界の最古の文字で、全ての文字の元になっているものらしい。ラテン語と各ヨーロッパの国の言葉みたいなもんだろうと思っておく。

まだ〈付与〉は使えないから、やるとしたらこっちの魔法陣を魔石に刻む方だな。

早速、《アイテムボックス》のこやしになっている魔石を取り出した。

そしてナビゲーター先生、お願いします。

『以前にもお伝えしましたが、魔石には属性があるものとないものがあります』

はい、色付きで判断できます。オークの魔石は薄い赤なので弱い火属性ですね。

『火属性には《火魔法》との相性がいいですが、他の魔法が付与できないわけではありません。相性的に光、風、土、水、闇の順で効果が下がります。明確な属性スキルでなくとも、《夜目》は光と闇、《瞬脚》は風と相性がよかったりします。また《従魔契約》のように、どの属性であっても相性に差がないものもあります』

ほうほう、ただ闇雲に付与するのではなく、付与したいスキルや魔法と魔石の相性も考えろということだな。

ちょうど錬金術の本には、属性魔法レベル1の魔法陣と魔法文字が載っていた。

〈ファイヤー〉〈ウォーター〉〈ストーン〉〈ウインド〉〈ライト〉〈シャドウ〉の六個。

水の魔石と火の魔石で湯沸かしが簡単になれば、チャチャも楽できるんではないだろうか。

「じゃあ、わかりやすくオークの魔石に《火魔法》の〈ファイヤー〉の魔法陣を、あっ……」

魔石が炎に包まれたと思ったら、その炎がボアッと大きくなり、慌てて〈空間遮断〉で包み込む。

魔法の炎は酸素がなくとも魔素をエネルギーにして燃える。酸素があればもっと燃えるけど。

しばらく燃え続け、消えたときには魔石が濁った色に変わっていた。

俺って学習能力ないよな。ジライヤたちの進化のときと同じパターンだよ。うっかり口に出しすぎ。

『マスター。その魔石は内包魔素を消費しました』

えっと、付与はできなかったけど、魔石の内包魔素を使って魔法の威力をあげた、みたいな？

『イエス、マスター。その通りです』

ほー、そんな使い方もできるんだ。でもウチの面々は、ルーナでもMPは割と豊富だから必要ないよね。でも、結構燃え続けたな。

『魔石は空気中の魔素を吸収し充填しますが、自然に吸収する量はその魔石の保有魔素量に比例します。マスターでしたら〈MPギフト〉や《魔力操作》で一瞬でチャージできます』

本にもあった魔素吸収って、あの魔法陣を刻まなければと思ったけど、俺だったら〈MP自然回復率上昇〉を〈付与〉して吸収量を上げられないかな。自然回復する時間が短くなれば、チャージしなくってもよくなるだろう。

どっちにしろ〈付与〉が使えないと意味がない。この本にはスキルレベル1の魔法陣しか載ってないのだ。

とりあえず、今出せるだけの魔石を並べてみよう。その中で一番等級の高いやつで加工しようかな。

上から、オークキング紫色は闇属性七等級、ワイバーン緑色は風属性で十等級、キラーグリズリー赤色は火属性で十等級、レッサーワイバーン緑色十一等級、クラーケン青色は水属性で十一等級、フォレストアナコンダ黄色は地属性で十二等級、ダークラフレシア黄色十三等級、ビッグベア黄色十三等級。こんなところか。

クラーケンはブライス船長に本物を渡したんだが、そのときにコピーしたんだ。

俺のギルドカードに討伐したとして名前が出たから持っていいって言われたけど、船員と力を合わせて闘ったし、何より船の修理費がいると思ったから足しにしてもらった。とはいえ、こっちは魔石の価格が安いみたいだから、あんまり足しにならなかったかも。

じゃあこのあたりを複製して魔道具を作ろう。

「家主ちゃま、そろそろテーブルの上、かたしてくだちゃいまちぇ。お風呂もご用意できてまちゅよ」

ごめんなさい。すぐ片付けます。夕食の準備ができたようだ。

◇　◇　◇

翌朝は、ジースくんの治療終了までにヴァンカの街に行った。冒険者ギルドでウォルローフ先生の依頼の終了と、ヴァンカを出る手続きをした。

それと、船主ギルドで持ちテナをオルに交換してきた。今後テナが使える場所はもうない。レブさんにもらった紹介状があったから、船主ギルドで交換してもらえた。普通はギルド登録のある船の関係者しか両替してないそうだが、船主ギルドでは航路のある土地の貨幣は商売で使うため、他（冒険者ギルド）より手数料が安かったのだ。レブさんありがとう。


そして四刻になり、ジースくんは無事目覚めた。ほんとは必要ないけど、オートミールも用意した。最後ということで、メイミーさんたちが昼食を用意してくれた。ダイニングルームが広いと言っても、人数が三十人を超えるとね……。ジライヤとオロチマルも大きくなっちゃったので、庭にテーブルを用意して、ガーデンパーティのようだった。当然チャチャも調理に参加していた。

そして俺は今、ログハウスの前に立っている。

「じゃあ家を片付けるぞ。忘れ物ないか」

「ないよー」

「かたして、ええで」

「はいでちゅ。家主ちゃま」

ルーナとツナデはリュックをしっかり背負っている。

チャチャは俺たちが食事してる間に、家中をピカピカにしてくれた。でも、トイレ周りにしっかり〈浄化〉はかけたよ。

ログハウスを《アイテムボックス》に収納すると、畑の横を通って屋敷に向かう。

畑の植物は昨日《木魔法》の〈ウッドグロウ〉を使って大きくした。挿し木したクワッフも問題なく根付いたので、そのうち植え替えることもできるだろう。

屋敷の玄関前にはほぼ全員勢ぞろいしていた。ここにいないのは、ジースくんと母親のアレアさんだけだな。

「「「フブキさん。本当にありがとうございました」」」

ザナルさん、ダダンさん、ニージェさん、グドさんと、家長が家族を代表して礼を述べた。

「フブキがいなけりゃ、みんな命が尽きていた。本当に感謝する」

グルカスさんも頭を下げる。

「俺は冒険者ですから、依頼を受ければ達成できるよう頑張(がんば)りますよ」

「依頼以上のことをやったという自覚はあるんじゃろ」

俺の手の届く範囲に助けられる命があるなら助ける。目の前で取りこぼしたくはない。それは、俺の気持ちの問題だ。

「旅の安全を祈る。と言っても、フブキならドラゴンさえも蹴散らしていきそうじゃが。油断が思わぬ凶事を招くこともある」

「はい。気をつけます。ウォルローフ先生、色々ご教授ありがとうございました」

「フブキの旅の役に立つなら安いもんじゃ」

ウォルローフ先生と握手を交わす。

「それじゃあみなさん」

俺は〈空間接続〉で昨日記憶したローエン近くの街道脇とのゲートを繋ぐ。

挨拶（あいさつ）の言葉を口にする前に、シルがトテテと走り寄ってきた。なんだろうと見ていると、ジライヤの足にぎゅっとしがみつき、何かつぶやいているがよく聞こえない。

ジライヤの横にしゃがみ、シルの頭を撫（な）でる。

「シルはマルクやみんなの言うことを聞いて我慢して偉かったな」

俺の方をじっと見上げるシルと目があった。やば、俺って嫌われてたっけ？　泣かれる？

そう思ってシルから離れようとのけぞると、シルがぴょんと首に抱きついてきた。

ちゅ。

「ありあと」

頬（ほお）に軽く柔（やわ）らかなものが触れたあと、小さな声でお礼を言われ一瞬呆然としていると、シルは手を離し、ミルさんのところへ戻っていった。

『なんや、フブキも隅におけんなあ』

『フブキ、モテモテ』

「へ？」

ツナデがニヤニヤしながら念話を送ってきた。ジライヤも便乗するように俺を見て、ニッと笑う。

「ほら、ゲート閉じちゃうよ」

ルーナが俺の背中をトントンと叩く。

「あ、ああ。それじゃあみなさん」

「「「お元気で」」」

俺たちはゲートをくぐり、見送る人々に手を振った。

ゲートの接続が切れ、目の前に豪華な屋敷も塔の森も見えなくなった。

「……行くか」

「うん」

「ほないこか」

『わかった』

『まま、どこ行くの？』

「あたらちい街で、あたらちい食ぢゃい手に入りまちゅかねぇ」

ゆっくりとローエンの街に向かって歩き出した。

第三章　ヴァレン領をあっちこっち

昨日の今日じゃ、オークの集落の件やオークションの件も何も結果は出ていないだろう。買い取り素材の査定が終わっているくらいか。でもまた何かで引き止められてもうざいし、冒険者ギルドには行かなくていいかな。昨日できなかった街ブラをしよう、チャチャもいるしな。

「鞍はここじゃなくって、ルーンって街で買うんじゃなかったの」

「フブキは、買い物するん、好きやな」

「ちょっとだけ、ちょっとだけだから」

俺はルーナとツナデの説得を試みる。

「ちょうでちゅ、ちょっとお買い物ちまちょう」

チャチャの援護もあり、街の商店街っぽい通りをぶらついて、チャチャのお眼鏡にかなったものをいくつか購入。

それでも一時間ほどでローエンの街を出た。ヴァレン領はローエンの南なので、南の門を出る頃六刻の鐘の音が響く。

「ほら、もう六刻だよ」

「ゆっくり買い物、してるよってや」

ツナデは、ルーナとお揃いの頭に結んだ赤いリボンをいじる。首でなくていいのかと思ったが、門で止められることはなかった。

「そーそー」

「ふーん、そんなこと言うんだ。じゃあさっき買ったシャイニー、二人はいらないんだな」

シャイニーは一粒がピンポン玉くらいあるマスカットだ。味見をさせてくれたんだが、すごく甘かった。

「ち、ちがうもん、お、お買い物たのしーなー」

「そや、シャイニーは、ええかいもん、したでフブキ」

ルーナもツナデも、甘いものとフルーツに目がないからな。

「うふふ、あれはお買い得でちた」

ローエンとヴァレン領都ルーンは街道が広い。すなわち人が多いということだ。そこを周りより若干（じゃっかん）速いくらいの速度で歩きながら、会話をしていた。ゆっくり移動するのは久しぶりな気がする。

「ルーンに着いたら、そこでジライヤとオロチマルの鞍を作ってもらおうと思うんだ」

「鞍？　なくても乗れるよ」

ルーナの言葉にツナデも頷（うなず）く。

「いや、ルーナじゃなくて、俺用な。それに、ルーナもオロチマルが進化してからはまだ乗れてないだろ」

『ルー、乗る？　ボクに乗る？』

オロチマルが期待するようにルーナを見る。

「う、もうちょっと練習してから……」

「ウチかて、大きゅうなってしもたから、ちょっと安定悪なったな」

飛行中は《風魔法》を使っているのか、風圧を感じることもなく安定して乗っていられるが、陸地を歩く、もしくは走るときはかなり揺れるのでしがみつく必要がある。ツナデの場合、手足だけでなく長い尾も使えるので、落ちる心配はなさそうだが。

『フブキ、船の揺れで酔った。オロチマル揺れるとフブキ酔う』

うっ。《状態異常耐性》のレベルが上がっているから大丈夫、だと思う、いや多分。

ローエンから南に向かう街道は、ほどなく三方向へ分岐する。ヴァレン領は南方向の道を進むことになる。分岐を過ぎると人が少なくなった。

飛行型騎獣はいるので、人通りはあっても乗ってもいいんだよ。期待で瞳を輝かせてこっちを見るオロチマルを無視できない。だが、ジライヤも今日は主張してきた。

『今日はオレがフブキとルーナを乗せて走る』

『ボク、ボクが乗せるの〜』

「あんたは、ウチで我慢しとき。もうちょっと揺れんで、走れるようにならんとな」

「では、今日はジライヤちゃまにお邪魔ちまちゅね。モッフモフでちゅ」

チャチャはジライヤのスカーフのあたりに潜り込んだ。

そんなわけで、ジライヤとオロチマルに分乗して移動だ。

しかし、ジライヤの走る速度にオロチマルはついてこられず、結局は飛んで移動となった。

ローエンとルーンの間にはいくつか村がある。

距離的に徒歩で一日かかる場所に、交易の中継地として街道に沿って設置された村と、そこから農業区として近くの農業に適した土地に作られた村、林業のため森近くに作られた村などがある。

ローエンの街から徒歩で一日のところにあるクライという村は農村だ。

そこからさらに徒歩で一日、ローエン領の端に当たる村があるが、そこは森に近くデッダ村のような森の木を伐採する樵と木工工房が中心の村だそうだ。

一時間もかからず、クライ村に着いてしまった。ジライヤは時速五十キロは出ていると思う。《風魔法》で風圧対策は行っている。

「おっと、やっぱり乗り慣れないと、変に身体に力がはいってしまってるのかな」

ジライヤから降りると、若干こわばっている身体をほぐすように伸びをする。

スキル《騎乗》があるので初めてジライヤに乗ったときに比べて、身体を安定させてはいられる。

スピードは段違いに速かったせいかスキルはレベル2に上がったよ。

『ふー、にーにおそーい』

飛行になれてないオロチマルは、巡航速度か最高速度の二択しかできない。速度調節がまだ未熟で、ジライヤの走る速度に合わせられず、俺たちを追い越しては止まるを繰り返し、先に進んでしまっていた。ジライヤだけならもっとスピードが出せるんだけどな。

「このあたりも、練習いるちゅうことやな」

ツナデもオロチマルにアドバイスをしていたのだが、〝速度をおとして飛ぶ〟ことは難しいようだ。

「休憩は村の中でとりまちゅか？　ちょれとも、おちょとでとりまちゅか？」

ジライヤのもふもふの毛並みに埋もれるように身を隠していたチャチャが出てきて尋ねてきた。

そういえば、移動途中でも調理ができるよう厨房付車（キッチンカー）を作ろうとしてたんだよな。

もういっそ、キャンピングカーとかトレーラーハウスっぽくてもいいかもしれない。今の荷車は幌（ほろ）なので火を使うのに向いてないから、箱車がいるな。

外から見ればただの箱車、中身は……ってやつ。箱車なら街道脇に停車しててもおかしくないもんな。

車輪は飾りでもいいけど、いざというときのため、動いた方がいいだろう。

幌車を土台にして、上に家を引っつけるみたいな？　うん、おいおい考えよう。

とりあえず、村に入らず休憩しようか。そう言うと、チャチャが張り切ってお茶の準備を始めたのだった。

ローエンからは徒歩なら四日以上、馬車でも三日の距離にあるヴァレン領都ルーンに着いた。距離にして二百キロメートルくらいを半日で。

さすがにルーンの都に近づくと、街道を行く人や馬車や獣車が増えるので、街道をそれて走った。だって速度が違うんだもん。ジライヤの速度って、周りの何倍も速い。一般道を走る車の横をレーシングカーで走り抜けるみたいでね。うん、反対の立場だったら迷惑だよ。

ルーンの街を囲む城壁が見えるくらいのところの、街道横の林で〈空間記憶〉をする。

ジライヤやオロチマルの鞍を作るには数日かかるだろう。その間に一度ローエンに戻って【オークキングに率いられた集落の殲滅】の判定とオークションの結果を確認に行けばいいかな。

ここからは荷車を出して、ジライヤに引いてもらおう。

しばらく行くと街の門が見えてきた。この街の門は東西南北の四ヶ所にあるのだが、開いているのは東南北の三ヶ所で、西の門はお偉いさん専用だそうだ。

獣王国時代の貴族制度はなくなっており、代わりに階級と呼ばれる身分制度があるのだが、上級階級と言われるものは元貴族なので、ただ呼び名が変わっただけのような気もする。

そして西にある上級階級専用の門は、地上用と空用に分かれていた。

上級階級はワイバーンなどの飛行型騎獣に乗ってやってくる。

空なんて飛び放題じゃね？　って思うけど、所定の位置から入らず、また決められた場所で一度着地しなければ無条件で攻撃されるそうだ。

　西門は空港のようなものなんだろう。

　そんな西側の様子が、俺たちが並ぶ北門からチラッと見える。

「なんか、いっぱい飛んでるな」

「本当、あれってワイバーンかな」

　ツナデとルーナが指を差して話している。ロック鳥みたいな大型の鳥系モンスターもいるようだ。

　あ、キマイラホークって出た。

『ボクも飛んでいい？　飛んでいい？』

　なんて言うオロチマルを押さえるのが大変だ。

　ジライヤではなく、オロチマルに荷車を引いてもらった方がよかったかも。

　この大きさの狼系魔獣は珍しいので、きっとどこに行っても驚かれると、ウォルローフ先生がアドバイスをくれた。街に入るとき、繋がれていたら、みんなも安心するのだそうな。《遁甲》で一瞬で抜けられるけどね。

　ローエンでは繋いでないオロチマルの方が注目を集めてたな。どっちにしろ同じか。

「やっぱりこのあたりじゃ、飛行型騎獣って珍しくないのかな」

「なんや兄ちゃん、知らんとここにきたんか？」

　ツナデの喋（しゃべ）りに似た話し方をする男が、俺に声をかけてきた。

しばらく前から荷車の近くを歩いている、大荷物を背負った猿獣族の男だ。

同じ猿獣族でもジランと違って、どちらかといえばマントヒヒっぽい。

「知らないって何が？」

猿獣族の男はニンマリ笑う。

「三日後大きなオークションがあるんや。そこにローエンの冒険者ギルドからどえらいもんを出品するちゅう知らせが、あっちこっちの冒険者ギルドに飛んでな」

さらに、冒険者ギルドはオークションを仕切る商業ギルドだけでなく、薬師ギルドや他のギルドにも出品内容を知らせた。商業ギルドは上級階級に至急で招待状をばらまいたそうだ。

ちなみに、冒険者から買い取りった素材を冒険者ギルドがオークションにかけることはできないが、商業ギルドや商人が冒険者ギルドから買い取りった素材をオークションにかけることはできるそうだ。ギルマス、商業ギルドに儲けを持っていかれたくなかったんだな。

それより、冒険者ギルドだけでなく各ギルドには、魔道具を使って情報をやり取りする方法があるそうだ。

レブさんが使ってたベルの魔道具みたいなのかな。

「それであっちこっちから、それ目当ての上級階級のお人が集まってきとんのや。人が集まりゃええもうけ口が必ずあるよって、ワシも予定変更してルーンにきたんや」

ニヒヒと笑いながら、大きな荷物を背負いなおす猿獣族の男。

「そのどえらいもんちゅうんがな」

男の話はまだ終わってなかった。

「なんと、ワイバーンの卵やちゅうんや！」

あー、はい。知ってます。

「どこぞの上級階級のお人が、資金繰りに困って売りに出したんちゃうかって話やけどな。ローエンの冒険者ギルドなんちゅう、ワイバーンの卵と縁遠いとこからの出品や。誤魔化すためにそうしたんちゃうかって、もっぱらの話や」

冒険者が捕獲したなんて眉唾な話やで……と男は続ける。いや、冒険者が捕獲しましたよ。

「他にもオークキングの素材なんかも出るちゅう話や。ワシらみたいな行商人には関係ない話やけど、薬師ギルドだけやのうて、上級階級のお人がねろてるみたいやな。ちょっとでええさかい、拝んでみたいで。こう、かけらでもごっつう効くらしいな。そんなんあったら、かーちゃん喜ばせたれるんやがなあ」

なんだか話が変な方向に向かっていくのだが、ルーナとツナデの視線が刺さる気がする。

「にーちゃんはロモンのお人か？　えらい大きな従魔連れとるが、首輪つけてへんけど、大丈夫なんか？」

「首輪？　従魔には赤い布を目印につけておけばいいんじゃないのか？」

従魔の首輪なんて話、初めて聞いた。

「首輪ちゅうーか、従魔の印のことや」

そういえば、ローエンの冒険者ギルドマスターもそんなこと言ってたような？

「それがなかったら街へ入れないとか？」

「いや。そんなことあらへんけど、やっぱりにーちゃんはロモンのお人やないんやね」

そんな風な会話をしているうちに、猿獣族の男の順番が来た。

「先に行かせてもらいますわ、おさきに、にーちゃん」

手を振りながら猿獣族の男は、荷を背負い直し徒歩の列に向かっていった。


隣国ロモン公国に近いせいか、それとも元々のこの街の特性なのかはわからないが、ジライヤやオロチマルを連れていてもすんなりと街に入れた。だが〝従魔の印〟を装着していないことは言われた。これ手に入れた方がいいのかも。

そして城壁をくぐると遠くに見える。

お城が。

この街自体が平野ではなく、お城の場所を頂上とした丘というか山に造られているようだ。

そういえば王都（正確にはここは元だけど）に入るのは初めてかもしれない。

どこの街もおおよそ中心あたりには、その街の領主的なお偉いさんの屋敷があった。

ここのお城にはドイツのノイシュバンなんとか城より、フランスのモンサンミッシェルの方が近いかも？

ま、どっちも写真でしか見たことないから、はっきりとは言えないが。

今日は冒険者ギルドに行かずに、ジライヤたちの装具を作ってくれる店を探すつもりだ。

今朝ヴァンカの冒険者ギルドで移動の手続きをしたところなのに、一日でヴァレン領都に到着するのはさすがに早すぎるだろう。

門でちらりと聞いた話だと、そういう鞍とかの工房は街の南西側に多いそうだ。

何軒か大型の従魔やワイバーンの騎乗用装具を扱っている店も教えてもらった。

「家主ちゃま、お買い物でちゅか？　お夕食はどうちまちゅ？」

「う～ん。ルーンの周辺ではさすがに家を出すのは無理だろうから、今日は宿に泊まろうと思う」

元王都だけあって、城壁の周りにはログハウスを出せそうな場所がない。

俺たちが通ってきた北側は城壁の外にも町というか、普通に建物があった。西はお偉いさんご用達だし、街の東側は大きな湖を囲うように畑が広がっており、見通しがいい。ローエンもそうだったが、湖の近くに街を作って水源を確保しているのだろうな。

隠れて家を出すには、かなりルーンから離れなければならない。

「ちょうでちゅか」

少し残念そうだが、今晩は我慢してもらおう。ヴァンカではログハウス出しっぱなしだったから。

門で聞いた話では、南門近くに貸し騎獣屋やら貸し獣車屋があり、そこから西寄りに騎獣の装具の工房があるようだ。騎獣を持つのは比較的金持ちなので、上級階級用の西門よりになってるんだな。

北門から南門まで、ジライヤに荷車を引いてもらっての移動だ。

さすがに街の中は道が整備されていて揺れが少ないが、端から端への移動なので、結構時間がかかる。

荷台の後ろにオロチマルを繋いだ。あっちこっち行きたがるところが直ってなくて、車が多い街中は危険だった。

途中でジライヤに荷車の牽引役を交代しようかと思ったが、ジライヤへの視線が増えることになるんでやめた。

結局、街中を一時間以上かかって移動する。外を行くより、こちらの方が時間がかかってるよ。

東西南北の門を繋ぐ道は幅広で余裕ですれ違えるからましだったが、中心にある城を避けるのでぐるっと回らないと。荷車がない方が早かったけど、荷車牽引用の装具も作ってもらいたいから車はいるんだよ。

「あった。ここかな。騎獣用の鞍を作っている工房って」

門へ続く大通りと交差するようにある通りを右に折れ、しばらく行くと、広い前庭というか車止めスペースのある建物がいくつか並んでいた。

建物と建物の間は広く取られていて、大通りの街並みより間隔がかなり広い。

俺はみんなを前庭に待たせて、とりあえず一人で目当ての工房に入っていった。そこにいた店員に話しかけられる。

「えっと、騎乗用の鞍ですか」

「ああ、二人乗り用で頼みたい。ハティは問題ないと思うけど、クルカン用も二人乗りの鞍ってできるかな。三人用なんて無理だよな。荷車も引くので、それ用の装具とかも頼みたいんだが」

希望を工房にいた鼬獣族の男に伝えると、従魔を確認したいと言われた。「外で待たせている」と言うと一緒に出てきた。

サイズの大きな魔獣はいるが、狼系でここまでの大きさはかなり珍しく、〝ハティ〟は知っていたがレア種とのこと。〝マーニ=ハティ〟にいたっては知られていない種っぽい。説明が邪魔くさいので〝ハティ〟のままにしておいた。

「コカトリスって飛べないから、騎獣向きじゃないんですけど。え、ああ、コカトリスじゃないんですね。はあ、騎獣と言えば、馬系か亜竜系に次いで鳥系も多いですから。キマイラホークの型が流用できそうです」

あれ？　うちのオロチマルはコカトリスのときも《飛翔》スキルを持っていたし、飛べたぞ。

鼬獣族の男、ホーエンと名乗った彼は、オロチマルの周りをぐるりと回りながら、何かを確認するようにところどころ注視する。

二周ほど回った後は、ジライヤに移った。

「狼系は乗り心地がよくないので、輓獣としての装具はありますが、鞍は需要がないんです。でも四足歩行だから、馬系の型を流用すればなんとか。割高になりますが……」

話しながらもジライヤの周りを回りつつ、指でLの字を作って何かを測っているが、それを終えて俺の方を振り向く。

「それでも構いませんか？」

お金は今のところ大丈夫だと思うので了承した。

工房の横を通って裏に連れていかれ、そこで数人の職人にオロチマルとジライヤはあちこち測られたり、型を取られたりした。

『いやーん、くすぐったいの～』

と、オロチマルが逃げるので、結構時間がかかった。

「もうおわり？」

ルーナに尋ねられたが、ホーエンさんはちょっと困った顔をした。

「後は素材を決めたり、鞍の型を決めたりですねえ」

「俺一人で済むから、荷台でチャチャにお茶でも淹れてもらって待っててくれ」

「わかった。ツナデいこ」

『ほな荷台で、待ってるよってな』

ルーナとツナデが荷台に上がっていったのを見て、俺はホーエンさんについていく。

「今在庫である革はブッシュブルかブルーライノサラス、こんなところですね。鞍向きの良品はレッサーワイバーンなんですけど、めったに出回りませんから。急ぎじゃなければ入荷を待つお客さまも多いんですけど」

「ワイバーンの方が鞍に向いているのか？」

「耐久性に優れてるんですよ。あと、自分より弱い種類の魔獣の革を嫌がる個体も多くて」

それならうちの子はどっちも、ワイバーンでも格下の魔獣になるんだが。

ハーネスでも嫌がらずにつけてくれるから、そこんところは心配ないと思う。

「加工していないワイバーンの皮だと、余計に日がかかる？」

「はは、まあ一日くらいは延びますね。なんですか？　今から探しにいくとか」

ホーエンさんは冗談を言ったつもりなんだろうな。

「いや、ワイバーンの素材なら持ってるんだ」

「え？」

「ちょうど冒険者ギルドに売りにいくところだったんだ。荷台に積んでるから持ってこよう」

「え？　え？」

ホーエンさんが戸惑っているうちに、荷車の後ろに回って麻袋に入れたワイバーンの皮を《アイテムボックス》から取り出した。昨日グルカスさんたちと色々解体したときに、ワイバーンとレッサーワイバーンを一体分ずつ〈記憶〉しておいた。今朝〈複製〉するのを忘れていたから慌ててやって、麻袋に突っ込んだんだ。

《コピー》がレベル6になって〈記憶〉の覚えていられる時間が七日に延びていてよかった。そして今まで要接触だったこのスキル、ついに非接触でも発動可能になった。ただし、俺から半径一メートル以内に限るが。

店に戻ると、麻袋ごとワイバーンの皮を差し出す。

「解体しただけで加工はまだなんだが、これで作ってくれ」

「え、ええ……」


鞍の完成に五日かかると言われた。五日間もこの街で足止めを食らうのも困るな。この街に特に用事は……あるといえばあるが、戻ってくれば済むことだ。

鞍を注文したあと、大型従魔も泊まれる宿がないか聞いてみた。ホーエンさんは、南門から少し東に行ったところに、商人御用達の安い宿があり、ここから西に行くとそこそこお高いが大型従魔用の厩舎がある宿がいくつかあると教えてくれた。さらに西に行くと上級階級専用になるから間違えないように、とも。

荷車をガタゴトと引きながら、街の南西部にあるそこそこお高い宿を目指して移動する。たどり着いた頃には随分と日が沈んでいた。高速移動に慣れると、街中を移動する速度にちょっとイラッとしてしまいそうになる。落ち着け、俺。

宿は確かにお高かったが、荷車ごと入れる車庫兼厩舎(きゅうしゃ)はデカかった。素泊まり二人部屋が一泊二千オルで厩舎(きゅうしゃ)が三千オルだった。

もう俺たちもこっちの厩舎(きゅうしゃ)でいいんだが。荷台にベッドを出せば十分眠れるし。獣族の国だけあって、ツナデを部屋に入れるのは問題ないみたいだけど、別料金で五百オルとられた。風呂があったからいいか。

食事は厩舎(きゅうしゃ)に船室で使った簡易キッチンとテーブルを出して、チャチャに作ってもらったけどね。

寝る前に、ウォルローフ先生にコピーさせてもらった地図を広げる。ロモンに向かうには、断絶の山脈の南端にある国境の町ゼテルで手続きがいるとのことだった。ルーンからは南東方向だ。

南門から伸びる街道は、湖を回って西門から伸びる街道と合流して、ゼテル方向に伸びている。湖を少し離れると、街道の北側に森が広がっている。一応北の方に〈空間記憶〉をしたが、東と南の二つの門に行きやすいこのあたりに〈空間記憶〉を追加しておくかな。そのあとは国境の町まで突っ走って……いや手前で野営するか。そうしよう。

◇　◇　◇

翌朝は門に向かう途中にあった朝市を物色しルーンを出発、一時間ほど進んだところで、夕べ地図で確認した森が見えてきた。

細い分かれ道があり、そちらに向かう者はいないようなので、そちらに進んでから荷車を収納する。そしてここを〈空間記憶〉して、元の街道に戻るため引き返した。

「どこに行くの？」

「領都ルーンから南東方向に進めば、隣のロモン公国に行けるんだ。国境の手前にゼテルっていう町があるから、とりあえずそこを目指す予定」

「じゃあ走る？」

「そうだな、もう少しオロチマルの騎乗練習もしようか」

『まま、のるの？　僕にのるの？』

鞍を装着せずに騎乗するのは乗る方も大変だけど、乗せる方も練習がいると思う。

そう、まず走るところからだ。飛んでる間は問題なかったが、走るのはまた別だ。

今もツナデがオロチマルに乗っているが、ツナデはただ跨っているだけではなく、手足と長い尾も使っているから落ちないのであって、俺だときっと振り落とされる気がする。

「そやな、練習やったら、ルーナから始めるのがええんちゃうか」

『ルー、乗る？』

「オロチマルに？　乗ってみようかな」

コカトリスとクルカンでは脚の形状が違うので、コカトリスのときと走り方が少し違うのだ。

怖いもの見たさというか、チャレンジャーというか、ルーナはオロチマルに跨った。

後ろには補助にツナデがついた。

こうして並ぶとツナデの方が大きいのが不思議で、なんとなくしっくりこないな。

だが、最初の大きさと比べての成長率は、ジライヤが一番だ。

チワワサイズだったのが今や牛サイズで、体高ではなく体長でいうと、俺よりでかいのだ。

スキル《メタモルフォーゼ》のおかげでチワワサイズになれるし、状況に合わせてサイズを変えているから、本当の大きさって実感がないせいもある。今も犬のグレートピレニーズサイズになっているし。

オロチマルだってクルカンになって、俺が乗れる大きさになったもんなあ。背の高さはオロチマルが一番の伸びだけど、中身が全然変わってないせいか、成長した実感が薄い。いまだに末っ子甘えん坊なのだ。

「行くで、フブキ」

「ん、ああ。じゃあ出発しよう」

『しゅっぱーつ！』

掛け声とともに、オロチマルが一番に飛び出していく。

「ちょ、ちょっと」

『ルーもねーねもしっかり掴まっててね～』

嬉しそうに駆け出したオロチマルの後を、俺とジライヤが追いかける。

街道に出たところで速度を上げた。

『ぼっくっのっせっなっかっにっルーっとっねーっねっをっのっせってっはっしっるっよ～』

……いや、走るというより、跳ねているという方が正しい気がするんだが。

オロチマルが地面を蹴り出すと、前というより斜め上に身体が移動する。

ジライヤと比べて、脚の長さは変わらないが、ジライヤより一歩のストロークが大きいか？

コカトリスのときは、どちらかといえばダチョウの走りに似ていたが、今の走り方はコカトリス時代と違って、片脚ずつ跳ねるカンガルーみたいだぞ。

昨日は空を飛んでたからよくわからなかったが、これ乗るの大変じゃね？

『もっと、速く、走る、よ～』

街道に他の人がいないと見るや、オロチマルがさらに速度を上げた。

ツナデのリュックが激しく上下に揺れている。あ、ルーナのだけじゃなくて、ツナデのリュックも預かっておくべきだった。

うーん、ツナデのリュック、やっぱり身体のサイズに合ってない。作り直してやらないとダメだな……というか、激しい上下の揺れまで考慮してなかったよ。

「ちょっ、とぉ。オロ、チ、マル、もう、少し、まっす、ぐに、走って」

『ルーナ、喋ると舌噛むでぇ』

あまりの揺れにツナデは念話に切り替えたようだ。

『オロチマル！　もうちょい揺れんと走れんか、あんた』

『ねーね、うるさーい。もう飛んじゃうよ！』

気分よく走っていたのに色々言われたからだろうか、オロチマルが、プンプンとお怒りモードで、蹴り脚にグッと力を込めたと思ったら、さっきまでと比較にならない速度で空に向かって上がっていった。

「おい、こら、待て！」

走る練習だっていうのに、飛んでどうする！　さすがにオロチマルの飛行速度に俺はついていけない。

『フブキ、乗って』

隣を走るジライヤが身体を牛サイズに大きくして、俺に声をかける。

「すまん、ジライヤ」

並走するジライヤに飛び乗ると、ジライヤはオロチマルの後を追いかけた。

「うーん、オロチマルに乗るとしても走るのはなしだな」

『え～、まま、ボクに乗らないの？』

しょんぼりするオロチマルのおでこにデコピンをくらわし、顔を掴んで目を合わせる。

「ちゃんと言うこと聞かない子の背中には乗りません」

『うえっ？　聞くよ、ちゃんとままの言うこと聞くから』

「本当か。待てって言ってるのに勝手に飛んでいったりしないか？」

『しない、もうしない、ちゃんと言うこと聞くからあ』

ちょっとお説教モードです。

南東の国境の町ゼテルを目指すはずが、オロチマルには最高速度で俺たちを振りきり、しかも南の方に向かってしまい、本来ならゼテルに到着しているはずの距離を移動したのに、近づくどころか遠のいた。今いる場所は、ヴァレン領と南のドア領との境目にある森の中だ。ここからだとオレイン山が近い。

『ごめんなさい、まま』

「反省したか」

『反省したよ』

まあ、これくらいにするか。

オロチマルを単独先行させるのがよくないとわかったから、よしとしよう。

ルーナはぐったりしていたが、飛ぶことは存外楽しかったようだ。

だが、ツナデの補助なしで一人で乗ることは難しかったようだな。

俺も、乗るのは鞍ができ上がってからにしよう。

「皆ちゃま、お茶が入りまちたよ」

チャチャが俺たちを呼ぶ。どうも雲行きが怪しくなってきたので、森に入ってログハウスを設置したのだ。

「お昼のご用意ちまちゅね」

チャチャの淹れてくれたお茶を飲みながら地図を広げる。

地図だけでは現在地を把握しにくいが、そこは俺のスキル《アクティブマップ》と照らし合わせることで問題解決だ。

「ここからまっすぐ東に行くと、オレイン山の麓近くにスクっていう町があるな。こっちから北に行くと、最初目指してたゼテルの町があるけど、スクの町からもロモンに行けるかな。国境の近くではあるし」

そんなことを呟いていると、ポツポツと屋根に雨粒の当たる音が聞こえ出した。

「降ってきたか」

元々窓がなかったところにも今は小洒落た格子付きのガラス窓がある。ウォルローフ先生の屋敷の窓を《コピー》して設置したから、前より外光が入るようになった。だが、雨が降り出してたちまち室内は薄暗くなる。手元が暗くなったので〈ライト〉を一つ天井付近に打ち上げた。俺的には《夜目》があるから問題ないんだけど。

地図を見てスーレリア王国の位置を見る。スーレリアはここからは南東方向だが、ヴァレンシ共和連合とは、この大陸の対極の位置にある。本当に、どんだけ遠くに落とされたんだよ、俺……

まずは一歩ずつ、とりあえずこのスクの町を目指すか。

「お昼できまちたよ、家主ちゃま。テーブルの上空けてくだちゃいまちぇ」

「あ、ごめんチャチャ」

地図を片付けてテーブルを空けると、チャチャがお皿を並べていく。


「じゃあいってくるね」

「暗くなる前に戻ってくるんだぞ」

「わかってるよって、心配いらん」

『ちゃんと見てる』

『わーい』

「お気をちゅけていってらっちゃいまちぇ」

昼食後ほどなく雨はやんだが、今日は移動をやめこのままここで野営——ログハウスなのに野営って言い方変だな——することにした。

雨がやんだことで、ルーナとツナデが森に狩りに行くと言い出した。

昨日今日と退屈していただろうからな。どうしようかと思案していたら、ジライヤが付き添うと言ってくれたので許可した。

お出かけとなると、オロチマルも当然参加だ。

そんな四人を見送って、俺は物作りをする。

チャチャが昼間も料理ができるように、荷車の改造……改造というより一から作るのだ。キッチンカーを。

荷車なら、街中でも街道沿いでも停車していたっておかしくない。

今のは幌仕様なのでこのままじゃ危ないから、箱車仕様にする予定。

最初は荷台部分にログハウスの厨房設備、暖炉兼用窯とシンクを複製しようかと思ったがやめた。魔石を魔道具にすることで薪の使用を抑えることができるから、この大きさは必要ない。船室に設置した簡易コンロは、薪ではなくチャチャが魔法で火を出していたから小さく作ったんだよな。あれで十分だ。一応、火と水の魔道具も作る予定。

もともと十二フィートコンテナくらいの大きさだった荷台に、ログハウスの壁材を加工して箱型に形成する。当然《錬金術》の〈硬化〉と〈強靭〉で補強することを忘れない。入り口はログハウスの玄関扉を〈複製〉して後方に設置する。

簡易コンロとシンクは左壁面に設置しよう。換気用の排煙窓がどっちがいいか悩んだが、どちら向きで停車するかその場所によるだろう。いずれは風の魔道具を設置するのだ。船では煙を《風魔法》で窓から強制的に排出してたけどな。

給水は魔道具と魔法でできるけど、排水は垂れ流すわけにいかないから、排水タンク代わりの樽はそのままで、さらに外へ排出できる管をつける。そして、シンクの上には吊り戸棚だ。

せっかくだから窓もつけよう。ログハウスに取りつけた格子付きのやつ。ちなみにこの窓は、観音開きではなく下の窓が上に動く、片上げ下げ窓というやつだな。前半分にコの字型にベンチタイプの椅子を造りつけにして固定、椅子の中は物を入れられるようにしておく。食器や調理器具ってチャチャのポケットの中にいくつか入っていたりするから、これだけあればとりあえず十分だろう。テーブルは折りたためるようにして、使うときに広げる感じ。

前方は御者台と行き来するための扉だが、ここは引戸の方がいいかな。後の扉の横には空き部分に屋根に上がれるように梯子もつけるか。リアラダーというやつだな。

よし、〈強靭〉と〈硬化〉をかけて頑丈にしておくのを忘れない。これで完成だ。

「チャチャ、キッチ——あっと、厨房付き車作ってみたんだけど、見てくれる？」

チャチャを呼んで見てもらった。

「はわー、ちゅごいでちゅ。なんだかお家と同じにおいが……家主ちゃまの魔力をビンビン感じまちゅ！」

ログハウスのコピー品を加工したからか、それとも俺の魔力で創り出した物質のためか、チャチャ的には全く問題ないみたいだ。うんよかった。

「あ、家主ちゃま。夕食用のブルのお肉ちゅくないので、増やちてもらえまちゅか？」

チャチャが昨日ローエンの街で購入したブラックスラッシュブルのお肉を差し出した。

「いいよ。《コピー》っと。これ一つでいい？」

「はい、今日はこれで十分でちゅ」

増えたお肉を《ポケット》にしまって、チャチャはフヨフヨとログハウスに戻っていった。

今日のメニューは牛肉か……あっ！

チャチャを見送っているときに思いついた。

壁をこうぱかっと開けばダイニングテーブルセットが現れた！　って、ミカちゃんハウスのように使うときに壁を広げられるようにすればどうだ！

壁や屋根は普段は折りたたんで使うときに広げる。壁が一面たらないが、そこは布をかけてキャンピングカーみたいにタープにしてもいいかも。いっそスライドアウトにしたらどうだろう。

親父と行ったキャンピングカーショウで見た一部が広がるやつ、あれいいんじゃね？

一応の完成は見たが、まだまだ改造の余地ありだな。

でき上がったキッチンカーを《アイテムボックス》に収納して、あれこれ考えながらログハウスに戻った。


『「ただいま～」』

『戻った』

「お帰りなちゃいまちぇ」

「お、おかえり。狩りはどうだった」

日暮れギリギリにみんなが帰ってきた。

「あかん、ここエモノ、ええのおらんわ」

「うん、弱いのばっかり」

『ゴブリン、おいしくないの、まま』

どうもこの森には、ゴブリンくらいしかいなかったのかな。

「はいこれ」

ルーナがテーブルに魔石を置いた。

「ゴブリンとホブゴブリンの魔石。あとは、ツナデが穴掘ってオロチマルが燃やしたよ」

「そっか、ちゃんと後始末も済ませて偉いぞ」

ルーナの頭を撫(な)でると一瞬嬉しそうにしたが、手を払われてしまった。

「もー、フブキ、ルーナ子供じゃないんだよ！　って、それ何？」

俺の手元にあるものに気がついて、指差す。

「チャチャのお家？」

そういえば、こんな感じでミカちゃんハウスを作ったっけ。

「これは厨房付車の模型だ。見てろ、この横の壁をこう開いたら、ここを引っ張ってずらす。するとこの部分が椅子になるから、これを開いてテーブルにしてっと。ジャーン、食堂のでき上がり、どうだ」

キッチンカーの模型をルーナたちに見せて説明した。

「じぃーー」

「じとーー」

『なあに？　ままま、それ食べるの？』

『違う、オロチマル。食べるところだ』

え？　ルーナとツナデの視線が刺さるんですけど……

「さあさあ、皆ちゃまおちょくじでちゅよ。ルーナちゃまは手を洗ってきてくだちゃい。家主ちゃまはテーブルの上を片付けてくだちゃいまちぇ」

「はーい」

「……はーい」

なんだか大変不評のようだ。なぜ？


食後しばらくまったりしていたが、ツナデとルーナがお風呂に入っている間に外に出ると、ジライヤがついてきた。オロチマルはすでに夢の中だ。

『フブキ、今度は何作る？』

「んー、キッチンカー……料理が作れる車だけど、一応は完成してるんだ」

すでに幌馬車の原型はない。あ、カモフラージュ用の中身が空の荷車もいるか。

俺は《アイテムボックス》から、さっき作ったキッチンカーを取り出す。

外側だけを《コピー》して、中はベンチ型の椅子を両サイドに設置する。乗合馬車風だ。〝普段はこの車を使ってますよ〟ってフリをすればいい。

ん、これって中をお風呂にしたお風呂車とか、ベッドを備えつけた寝台車とか作ったら、完璧じゃね？　見た目おんなじだから《アイテムボックス》で入れ替えて使えば……

『フブキ、また変なこと考えてる？』

「え、別に変なことじゃ……」

そんなもの作ったら、ログハウスの存在意義がなくなるか……チャチャが泣くかも。やめておこう。

キッチンカーとカモフラージュ用の箱車を《アイテムボックス》に収納する。

「戻ろっか、ジライヤ」

『わかった』

ジライヤを連れて家に戻って、お風呂が空くまでしばらくモフモフさせてもらった。


翌朝、空が白み始めた頃、俺は作業の続きを始めた。

ルーナたちはまだ眠っている。

スライドアウトは、レールが上手くいかず諦めた。片面を段ボール箱の蓋のように上下左右に開くことでスペースを作り出す形に落ち着く。衝撃に弱くなるので移動の際、速度は出せなくなったが、基本移動用は別なので全く問題なしである。二時間ほどでキッチンカーが完成した。

「ダイニングテーブルは折りたたみ式のままで、椅子をこの壁にくっつけて〈変型〉っと、これで固定されたな」

『スキル《錬金術》のレベルが上がりました。マスター、《錬金術》がレベル8になり〈付与〉が可能になりました』

「お、ついに〈付与〉が使えるようになったか。だったらキッチンカーに〈ウエイトダウン〉を〈付与〉できれば車輪の負担が減るよな」

『マスター、付与対象は魔素を多く含むものでなければなりません。発動にも魔力を必要としますので、効果時間制限もあります』

「車に直接付与できないってことか」

『イエス、マスター。結界石を参考にしていただければわかりやすいでしょう。結界石は魔石に結界の効果が付与されており、魔力を流し作動させますが、内包魔素を使用して効果を持続します。マスターが所持されている結界石は効果時間が設定されているため、大きくした際効果範囲が拡張されましたが、時間はそのままでした』

へえ、そうだったんだ。なんとなくそういうもんだと思って使っていた。

「家主ちゃま！　朝ごはんでちゅよ。お戻りくだちゃい」

「ああ、すぐいく」

とりあえず、完成したキッチンカーを収納し家に戻った。

今日は俺がオロチマルに乗ってみた。まずは普通に歩いてもらう。

う～ん……

そもそも二足歩行の鳥なので安定して座れるところがない。

飛んでいるときはなんというか、こう身体を伸ばしているので跨（また が）っていられるんだが、歩くときはそのスペースがない。

いや、歩くならまだいいが、走ると跳（は）ねるせいで尻の位置がずれる。

ギリ、ルーナならいけそうだが、俺は無理っぽい。

テレビでダチョウに乗るところを見たことがあるが、あんな感じか？

俺はダチョウに乗ったことがないから、そっちの乗りごこちはわからんが、ゆっくり歩くならオロチマルはそこまで酷くはないと思う。

結局のところ、オロチマルは走りに関しては騎獣には向いていないということだ。

『イエス、マスター。クルカンは走鳥類ではありませんので、地上を走ることに向いていません』

そうだよな。俺たちにひっついて歩いているから勘違いしがちだが、そっち系の鳥じゃないよな。

ナビゲーター曰（いわ）く、コッコトリスもコカトリスも骨格というか身体の造りは走鳥類っぽい。普通の鳥のように、羽ばたいて飛ぶのではなく、スキルで飛んでいるのだ。

個体により《跳躍》や《飛翔》スキルを持ってなくて飛べないやつもいるんだよな。鞍を注文した工房で「コカトリスは飛べないし騎獣向きじゃない」って言ってたし。

オロチマルって孵化した時点で《跳躍》スキルを持ってたな。もしかして特殊個体？

『イエス、マスター。スキルは親から受け継ぐことが多々あります。オロチマルの親個体がスキルを持っていたと思われます』

そういう系統ってことか。これがブリーダーとかだったら、そういう個体を掛け合わせて特化したものを作って品種改良するってやつだな。

あと、スキル《騎乗》がさらにレベルアップした。実はオロチマルに乗れていたのはスキルのおかげか。

レベル3になって小走りくらいならなんとか背に乗っていられたので、半日くらいかかったが六刻にはスクの町に着いた。ルーナには《騎乗》スキルはまだ生えてない。頑張れば生えるかな。

たどり着いたスクの町……というより、規模的には村だった。

村から国境の関所まではまだ距離がある。ちょっとオロチマルに飛び上がってもらって見た感じ、二十キロほどかな。

そして、ここから国境を越えられるか尋ねてみた。

「あんたら、許可証はあるのか」

「許可証？　冒険者の出入りは自由なんじゃないのか？」

「以前はそうだったが、今は通行許可証のないものは通れんよ」

ロモン公国とヴァレンシ共和連合は、同盟を結んでいる友好国だ。

だが、ここ数年フェスカとロモンの情勢が悪化したため、国境の通行に制限がかかっているそうなのだ。

「獣族の入国に制限はない。人族の出国も比較的許可が出やすい。獣族の出国と、特に人族の入国には厳しい審査があり、どっちにしろ通行許可証のないものは通せなくなっている」

ロモンはヴァレンシと友好国ということで、断絶の山脈東側にあった元ヴァレンシ領からの難民を受け入れ、希望者は西へ送り届けていたそうだ。

それが気にくわないフェスカが「自国の奴隷を不当に奪取している」と難癖をつけ、国境周辺では小さな紛争が頻繁に起こっているんだとか。

以前は冒険者なら出入り自由だったが、フェスカ出身の冒険者、いわゆる人族至上主義な人族の冒険者が、フェスカで〝獣族狩り〟の依頼を受けて旧ヴァレンシ領からロモンにやってきて問題を起こすことが増えたそうだ。

「それにあんた、立派な従魔を連れとるが、従魔の印をつけてないと、ロモンに行ったら捕まるぞ」

たびたび名前を聞くが、ロモンでは赤い布じゃダメなのか。

どうも〝従魔の印〟とは従魔専用の魔道具なのだそうな。

テイマーでなくとも従魔を従えられる魔道具が、百年ほど前にロモン公国で開発され、以降ロモンではテイマーの従魔であっても〝従魔の印〟を装着しなくてはならなくなったそうだ。ただの布ではなく魔道具をつけていることで、周りが安心するんだと。ロモン以東の国でも採用している国がある。

そっか。じゃあ三個手に入れないといけないな。

「今は品薄で価格もつり上がっている。この村には在庫がないから、欲しかったらゼテルに行かないと」

あー、結局ゼテルに行くことになるのか。

出国の許可証もゼテルかルーンで発行してもらわないとダメだそうなので、回り道になってしまったな。

いつもなら村を出て人気のないところでログハウスを出すのだが、今日はロモンの情報が欲しいので宿に泊まることにした。

ここは国境に近いとあって宿場町っぽい。

商人が馬車で二国間を行き来しているため、ほとんどの宿に厩舎があった。

広めの厩舎を借りて箱車を止めたらキッチンカーと入れ替える。夕食はそこでチャチャに作ってもらうことにした。

広めじゃないと、ジライヤとオロチマルが窮屈だからな。

宿の方は俺とルーナで二人部屋。小型の従魔なら部屋に入れていいと言われたが、ツナデって小型じゃないんだよ。

ハヌマーンになったことで、身長はルーナを追い越してる。

「あー、その従魔なら一人分って言いたいとこだが、ベッドは二つだから二人部屋の料金でいいよ」

さーせん、女将さん。

宿の部屋はベッド二つと間にベッドサイドテーブル、上にオイルランプが一つ。ベッドの足元にはチェスト代わりの木箱があり、他に家具はない。オイルランプのオイルは別料金だ。

商人が利用する宿らしいので、大体は荷物は車から下ろさないんだそうな。

そして防犯のため、車に見張りも残るから、部屋は寝るだけ。

「ウチ、ちょっとやったら、小そうなれたんやで？」

部屋に入ると、ツナデがそんなことを言った。

『イエス、マスター。ツナデのユニークスキル《シェイプチェンジ》は別の生物に変身できるスキルです。ただし、低レベルでは詳しく知る生物にしか変身できません。レベルにより効果時間が伸び、自身と大きさの異なるものに変われますが、存在しない生物や実体のないアンデッドなどに変わることはできません』

《シェイプチェンジ》ってそんな制限もあったのか。レベルが上がれば対象の種族特性スキルが使えるようになるって言ってたのは覚えてる。

「どんなのに変われるんだ？」

「んー、今のとこ、自分と似たような大きさやな。ジライヤやったらハイブラックウルフ、オロチマルやったらコカトリスやけど、多分小さいコカトリスになるなあ。大きいのは無理。あ、ルーナにも化けられるで」

そう言ってニヤッと笑ったツナデは一瞬霞のようにモヤッとした後、ルーナになった。

「うわぁ……」

「なに、ツナデが？」

ルーナもツナデを見て驚いている。あれ？　ちょっと身長差があるぞ？。

「大きさがな。今ウチの方が大きいさかい、本物のルーナよりちょっと大きいで」

おお、声もルーナの声だが、喋りは関西弁のまま。そして十歳くらいに見える。

「今は姿形を写してるだけよって、スキルまでは無理やな」

服を着ているのは服ごと姿形を写しているからで、脱ぐことはできないらしい。

モヤッとツナデが霞化したと思ったら元に戻った。

「はー、めっちゃ魔力、へるわこれ」

ジライヤの《メタモルフォーゼ》は低レベルでは〝過去の自分〟に姿を変えるだけだった。それを思えば《シェイプチェンジ》の方が優秀か？

『マスター、《シェイプチェンジ》はレベルが上がれば能力も写し取れますが、形状が変わることで本来のツナデの能力が使えなくなる場合があります。それにＭＰの使用量が《メタモルフォーゼ》よりかなり多いようです』

ほー、そんな違いがあるのか。一長一短ってとこ？

ジライヤの《メタモルフォーゼ》はレベルが上がって同系統、狼系の他種族に変わることができるようになったが、見たことなくてもキラーブラッドファングに変われたよな。でも、能力はジライヤ本人のものだ。《メタモルフォーゼ》は見た目だけってこと……

そうだ、それよりもわざわざ宿をとったのは、情報収集するためだった。

一応食事は済ませたが、泊まり客の話を聞くため宿の食堂に行くつもりだった。

冒険者ギルドへ行こうかと思ったんだが、所在変更とかやりすぎるのもなんなんで、ここでは寄らないことにしたんだよ。

「俺は下の食堂に行くけど、二人は部屋にいてくれ」

「うん、いってらっしゃい」

「きーつけてなあ」

ルーナとツナデに見送られ、俺は階下の食堂に足を運んだ。

宿の食堂はどこも似たようなもので、数人がけのテーブルがいくつか設置されている。

当然だが利用客は商人が多く、商談に使える個室もあるのだとか。

断絶の山脈の大トンネルが封鎖されてから、ロモン公国と接しているこのあたりは人の行き来が増えたそうだが、フェスカ神聖王国とロモン公国の関係が悪化してからは若干減っているようだ。

シッテニミ国にも近いため、そちらとの交易がゼテルより多い。ただ、ほとんどの商隊がここを通ってルーンへ向かうので、ここスクの町は通過点にすぎない。

食堂が見渡せるように端のテーブルに座ると、ウエイトレスが注文を取りにきた。

犬にしては大きめの耳だなと思ったら狐獣族だったよ。

「なんにする？」

「あー、食事はいらないので、飲み物と何かつまめるものを」

ウエイトレスは無言で立ち去ると、しばらくして木製のジョッキと小皿を持ってきた。

「百オルだよ」

つまみと飲み物で百オル……

そういえば、ラシアナ大陸に来てから、宿で何か食べるのって初めてだな。

これが高いのか安いのか相場がよくわからん。ここは厩舎は千オル、二人部屋は一泊食事なしで八百オルだった。

一昨日は元王都のそこそこ高級宿で厩舎三千オル、素泊まり二人部屋で二千オルだったけどな。

ツーダンでは最初はテント、ログハウスを手に入れてからは宿に泊まるのは……一昨日が初めてか？

食事だって、チャチャが来てからは食材は購入しているが、外食はほぼしてなかった。

明日も「朝市でお買い物ちたいでちゅ！」と言われている。うん楽しみ。

つまみはなんだろ？　干し肉と空豆のようなものを炒めてある。豆を一つ摘んで口に入れる。

「からっ！」

口に入れてすぐは「んー、辛めの味付けした空豆？」と思ったが、噛んだ途端唐辛子のような舌をさす辛味が口の中に広がった。慌ててジョッキの中身を口に流し込む。

「ブフッ」

慌てたせいではなく、アルコールの苦味と生温さで辛さが増した。

俺はウエイトレスに背を向け、冷えたラモン水を《アイテムボックス》から取り出して口に含む。

「ひー、なんでエールを……って、そういえばこの世界じゃ俺って成人扱いだったな」

適当に頼んで、果実水を注文しなかった俺のせいだ。

というか、食堂にいるのは大人ばかりで子供は見かけないから、飲み物っていえばエールなのか。

スキル《状態異常耐性》があるから酔いにくいが、これは好んで飲みたいもんじゃないな。

ジョッキのみを《コピー》して中身入りの方を《アイテムボックス》に収納してから、空のジョッキに冷えたラモン水を注いだ。

しかしこの豆辛すぎだ。

＝豆辛子の種　状態・加熱調理済

ナス科唐辛子種の種。種の見た目が豆に似ているため間違われることが多い。一つの鞘(さや)に数個の種がなる。鞘(さや)は熱を通すことで食用となる。種は辛味が強く一部には好んで食すものもいるが、調味料として使われることが多い。ルーベ一家が育てたこの種は、辛味が強く甘みがない＝

いや、豆じゃなかった。しかも香辛料だ。

たまたま切ってないままのものを口にしたが、通常は切って使う調味料なんだな。

ただ日本で唐辛子とか激辛料理を食べたときのように、辛さが長引かないのが救い。だから〝好んで食す〟人がいるんだろう。

ていうか、また目的忘れてるよ。

俺はジョッキの中のラモン水をちびちび飲みながら、食堂の中を見回す。

……困ったな。そもそも俺は、初対面の人と打ち解けられるほどコミュ力は高くない。というか、コミュ障と言っていいかも。

友人知人とは普通に話せるが、初対面の人との会話は苦手だ。一度仲良くなれたらそうでもないんだが。

これまでの旅で出会ったキッタやデルック、ジランやデロースさんも、向こうから気軽に話しかけてくれたから雑談できた。

ウォルローフ先生とかブライス船長も話し好きだったので助かったからな。

情報が欲しいからって、どういう風に話しかければいいんだ？

「……ベセンでは、他国出身の人族には従魔の印を売らないってことになったらしい。ルーンの商会に頼まれてたのにどうするよ」

俺の後ろの席で、ジョッキ片手に愚痴っている二人の男の会話に耳を傾けた。

なんかタイムリーな会話だ。

「それもこれも、フェスカの連中のせいだ。おかげで、許可証があってもこっちは商売がしにくいったらないぜ」

「かと言って、メトディルカ方面は無理だしなあ」

「ロモンを越えてシッテニミへ抜けるか？」

「けど、結局ロモンを通ることになる。余計に金がかかるだけだ。それだったら、オレイン山ルートだろう」

メトディルカ帝国は、ヴァレンシ共和連合の南にある魔族の国だ。シッテニミ国は、ロモン公国の南の国だな。ヴァレンシ共和連合とは、オレイン山を国境として接している形になる。

スクの町から国境を越えてロモンに入ると、ベセンというロモン公国側の国境の町があり、そこから南に少し行けばシッテニミという国だ。

シッテニミは国土の半分が森で、ヴァレンシの南東にあるオレイン山と中央山脈に挟まれた国だ。

妖精種が多く住み、鉱物資源が豊富な国だそうだ。

「しかしなあ、大型の従魔には従魔の印をつけることが義務化されてるのに、肝心の従魔の印が手に入らないとなると……」

んん。従魔の印が手に入らない？　それって困るんだが。

「なあ、ちょっといいか。従魔の印って手に入らないのか？」

「なんだ兄ちゃん？」

会話に割って入った俺を、訝しげに見る二人の人族の男。

「ちょっと教えてほしいんだが、あ、これよかったら食ってくれ」

俺は豆辛子のつまみの皿を二人のテーブルに置く。そして、通りかかったウエイトレスに追加注文をする。

「こっちのテーブルにエール二つ」

「お、なんだ。おごりか？」

「遠慮しねえぞ？」

うん、よく洋画とかであるよな。酒をおごるのって。

二人はカーバシデ王国出身の人族で、ロモンとヴァレン領だけでなく西のレンセン領や南西のドア領とも取引をする商人だった。

店舗を持たず、仕入れた商品を別の領都で売り、新たに購入した商品をまた別の領都で売るという旅商人的な二人、いや獣車の番をしているもう一人と合わせて三人組だった。

それで、従魔の印が手に入らない理由なんだが、原因はフェスカ神聖王国にあった。

もう随分と昔、ロモン公国のとあるテイマーが、錬金術師と協力して従魔の印を作ったそうだ。

その錬金術師はテイマーとしての素質がなかったが、どうしても従魔が欲しくて、友人のテイマーに協力を持ちかけた。

テイマーの素質はなかったものの、錬金術師としては優秀だったので、魔道具として従魔の印を作り、念願の従魔を手に入れたのだった。

その錬金術師が作った従魔の印は、格下の魔物であれば従えることができる魔道具だった。

この場合の格下というのは、ＭＮＤとＩＮＴが自身より低いということだ。

スキルでの《従魔契約》はＭＮＤとＩＮＴとは関係ない。全く関係ないわけでもないが、ＭＮＤとＩＮＴが対象の魔獣より低くとも契約はできる。

彼が作ったのは《従魔契約》を付与した魔道具でなく、ＭＮＤとＩＮＴを使って相手を従わせる魔道具で、それを〝魔物に装着することで従魔契約を交わせる〟というわけではなかった。

だが従魔が欲しかったのは、件の錬金術師だけではなかったようで、その後、いく人もの錬金術師に改良され、現在の〝従魔の印〟ができ上がったようだ。

やがてロモン国内にとどまらず従魔の印は広がっていった。それが広がっていく過程で、従魔の印をつけている従魔は主の命令に忠実と思われるようになった。そのうち、テイマーの従魔であっても従魔の印をつけていることで脅威を周りに感じさせず、安心感を与えるということで、ロモンでは装着が義務化された。

それって反対だよね。テイマーの従魔はレベルが上がり、ステータスが上がっても、主に忠実だけど、従魔の印だとステータスが上がってＭＮＤとＩＮＴが主を超えたら、言うこと聞かなくなるんじゃあ。

いや、ウチのオトモズが忠実だからって、世間のテイマーの従魔が必ずしも主に忠実とは限らないか。

『イエス、マスター。そのあたりは従魔の性格に影響されるようです』

うちの子たちは素直でいい子ですから。

あ、今の従魔の印はそのあたりは改良されているのか。

それは置いておいて、従魔の印がなぜ手に入りにくくなったのか。ここ大事。

「フェスカのせいなんだよ」

おごりのエールをグビリと飲み干した男は、名残惜(なごりお)しそうに空(から)のジョッキを見る。

「おねーさん、エール二杯追加で！」

「お、すまねえな、兄ちゃん」

アルコールで舌がよく滑るようにね。そして話は続く。

十年ほど前に、フェスカ神聖王国のとある神官が従魔の印を改造し〝隷属の首輪〟とやらを作ったそうだ。

ウォルローフ先生も言っていた、獣族を隷属させる手段というのが、これのことか。

魔道具は、スキル付与型と魔法陣型の二種類ある。魔法陣型は、魔法陣さえ描き換えれば効果は変えられる。反対にスキル付与型自体は改造できない、というか、それ以上の付与を行えば魔石は耐えられず崩壊する。魔法陣型と違い改変することもできない。

そのフェスカの神官は、最初は従魔の印の魔法陣を改変しようとしたが結局上手くいかず、最終的にコアとして用いてその作用を歪(ゆが)めることで、対象を隷属させる魔道具を作り上げた。

フェスカでは従魔の印自体を作ることができなかったため、ロモンから大量に買い上げて隷属の首輪を作っていた。

だが、ロモン側は従魔の印を獣族を奴隷とするための隷属の首輪の材料とされたことで、フェスカへの販売を中止、さらに旧ヴァレンシ領の獣族の扱いに異議を唱え、交易を中止した。

そうすると、今度はフェスカ側が人族至上主義に協賛する商人や自国の冒険者を使って従魔の印を手に入れようと画策したのだ。

そのせいで、現在ロモンでは他国の人族の商人に対し、従魔の印の販売を制限したのだ。

フェスカの周辺諸国では、従魔の印をつけた従魔をつれた商人や冒険者が襲われるという事件まで起きているそうだ。

「馬鹿だよな。昔のと違って、一度登録した従魔の印は転用できないのに」

従魔の印は一度っきりの使い捨て魔道具なのかな。

「もしかして、厩舎にいたでっかい狼とキマイラホークっぽいのは、兄ちゃんの従魔か」

「そういや、赤布しかつけてなかったな」

「スーレリアへ行きたいって、こりゃまた遠いところを目指してるんだな」

「多少山越えに日にちがかかるが、シッテニミから中央山脈を越えていった方がいいんじゃないか」

などなど、二杯目のエールを飲みながら、他にもアドバイスをもらった。

「あーっ、なかなか交代にこねえと思ったら、てめーら何飲んでやがる！」

商人二人が二杯目のエールを飲み干そうとジョッキに口をつけたとき、獣車番として残っていた男がなかなか交代にこないことに焦れて食堂に入ってきたようだ。

俺が引き留めたせいだと宥めつつ、三人目にもエールをおごって俺は食堂を後にする。

エール一杯五十オル、俺が注文したのと合わせて合計四百五十オルで、色々情報をもらった。

まず、フェスカ神聖王国とロモン公国の国情。

国境付近はきな臭い状況のようだ。きな臭いというか、小規模の衝突はすでにいくつも起こっている。北側には近寄らない方がいいな。

国境超えに関しては通行許可証がいる。これって、ローエンの冒険者ギルドのマスターあたりに頼んだらなんとかなるんじゃね？　今頃はオークション関係でルーンにいるかもしれないが、ルーンで代金受け取るかもって言っておいたんだよな。

うーん、今考えても仕方ない。まずはゼテルの町に行って、許可証がもらえなかったときに考えよう。

そして従魔の印。

品薄で手に入らないかもしれない。いや人族だから売ってもらえないのか？　できれば正規の手段で購入したいが、無理となったら俺には《コピー》があるので全く問題ない。

うちのオトモズの分くらいはいいだろう。そういえば、厩舎で従魔の印つけてた輓獣がいたな。ちょっと厩舎に行ってみよう。


厩舎は大きめのものを借りたので、実は宿代より高くついていたりする。

俺が話を聞いた商人は厩舎だけ借りて、部屋は借りずに車で寝るらしい。防犯も兼ねているのだそうだ。


『まま！』

俺の気配を感じてオロチマルが飛び込んでくる。

「オロチマル、大人しくしてたか」

『うん、ボク、大人しくしてたよ』

ちらりとジライヤを見ると頷いたので、大人しくしていたようだ。昨日のお説教がまだ効いているのかな。

オロチマルの首あたりを撫でてやりながら、ジライヤのところに向かうと、チャチャもキッチンカーから出てきた。

「家主ちゃま、何か御用でちゅか？」

「ん、いやちょっと様子を見にきただけ」

「ちょうでちゅか。ちぇっかくでちゅので、お茶お淹れちまちゅね」

現在キッチンカーは畳んだままだが、中のキッチンを使う分には問題ない。

俺一人なら十分座るスペースは確保できている。改造したことで、壁面を開くと元の一・五倍の広さになるのだ。

ふっふっふ。ルーナたちに見せたときはジト目で見られたが、俺的には満足だから気にしない。気にしないったら、気にしないんだよ。

この厩舎は屋根と壁三方向が板で作られているが、入り口は横木をかけているだけだ。厩舎というが、車庫も兼ねているので、キッチンカーサイズなら二台は入る。

三分の二は駐車用の土剥き出しのスペースで、三分の一は輓獣用に柵があり藁が敷かれている。

俺はキッチンカーの横に椅子とテーブルを出して、チャチャに声をかけた。

「チャチャ、俺ちょっと隣の厩舎を覗いてくるから」

「はいでちゅ」

同じようなサイズの厩舎が三つ並んでいて、その隣は半分くらいのサイズだ。

裏側は屋根付きの厩舎と、車庫部分には屋根も壁もない駐車場のようなところ。

獣車は雨ざらしで輓獣のみ囲う感じで、お値段はかなり安い。

俺たちの厩舎の隣は空で、その隣には二台の箱車と大きな馬のモンスターがいる。

＝種族・ペルシュリンホース　ＭＲ・Ｄ　固有名・アルタ　年齢・９歳　状態・疲労（軽度）
馬系モンスター。脚が短くずんぐりとした体つきだが、力が強く自身の十倍の重量も引くことができる。大人しい気性のため人間が輓獣として用いることが多い。危険を察知するとスキル《筋力倍加》や《速度倍加》で逃走をはかる。嫌戦的だがいざというときは《突進》で対象を蹴散らすこともある＝

脚が短い。馬といえば競馬のサラブレッドを想像するせいかも。競馬といえばこれもネットやテレビでしか見たことがないが、ばんえい競馬というずんぐりした馬の競馬があった。ペルシュリンホースは、ばんえい競馬の馬よりもさらに脚が短いかな。この短い脚でもスキルのおかげで速く走れるのか。

そんなペルシュリンホースが四頭、俺が柵に近づくと厩舎の隅に怯えるように固まった。

あ、俺の後ろにジライヤがいたからなのね。

「ジライヤ、もしかして《威圧》放ってる？」

そう言うと、ちょっと困り顔になったジライヤが、しゅしゅしゅと身体を小さくした。可愛くて思わず顔まわりをモフってしまう。

ペルシュリンホースはジライヤからの《威圧》がなくなり、隅っこに固まっていたのが少しほどけた。

獣車には誰もいないところを見ると、あの商人たちの車かもしれない。

まだ若干(じゃっかん)怯(おび)えて奥に固まっている。中に入るのはまずいので、こっちにきてくれないかな。

馬といえば人参とリンゴが好き……な気がする。俺はビタンとジンロットを〈複製(デュプリケイト)〉して、ペルシュリンホースに見せびらかす。

「ほーれほれ、これおいしいぞー、いらないかー」

すると、奥にいた一番小さなペルシュリンホースが近寄ってきた。

前に出ようとしたペルシュリンホースを、一番大きなペルシュリンホースが身体を割り込ませて遮(さえぎ)る。あれって親子かな？

「ほーら、うまいぞー」

だが小さなペルシュリンホースは、うまく横をすり抜けて、俺のところにやってきた。

ごめんね、お父さん。でも何もしないから。

子ペルシュリンホースは、俺の手の中のビタンをふんふんと嗅(か)ぐと、がしゅっと一口で頬張(ほおば)った。

砕けたかけらがボロボロとこぼれていく。ごめん、せめて半分にカットすべきだったかな。

「ヒヒン、ヒンヒン「うんま、父ちゃん、母ちゃん、にいちゃんうんまーよ」」

『スキル《言語理解》のレベルが上がりました』

あ、馬語を理解してしまったようです。

『こら、どこの誰かわからんもんから食べもんもらうでねえ』

『そだ、えーから、こっちゃこんか』

『ねえ、これ、くんろ、もっとくんろ』

どこのなまりかよくわからんが、ご希望に応(こた)えてビタンをさらに〈複製(デュプリケイト)〉し、解体ナイフでカットして差し出した。

『そったら一人で、ずっけーぞ』

奥からもう一匹ペルシュリンホースがやってきた。きっと、にいちゃんペルシュリンホースだろう。

俺は左手のジンロットを、にいちゃんペルシュリンホースに差し出す。

ふんふんとにおいを嗅(か)いだ後、ジンロットにかぶりつくと、ばりぼりと噛(か)み砕き、こちらもボロボロとこぼした。

『んん、うんまーけどそんなに……あ、そっちゃのがうんまーのか。なあオラにもそっちゃくれ』

弟ペルシュリンホースが食べていたものと、自分が食べたものが違うことに気付き、鼻面をビタンを持つ方の手に押しつけてきた。

カットしたビタンを一つ、にいちゃんペルシュリンホースに差し出すと、一口で頬張(ほおば)る。

『うんまー、父ちゃん母ちゃん、これうんまーよ』

子ペルシュリンホース二頭がうまそうに頬張る姿を見て我慢できなくなったのか、両親ペルシュリンホースも近寄ってきた。

結局十個ほどのビタンを出してやると、四頭のペルシュリンホースが我先にと頬張る。その姿を眺めて和んで……

って、眺めるのが目的じゃなかったよ。

俺はビタンを頬張るペルシュリンホースの首に手を伸ばし、首元についている魔石付きの首輪を《コピー》して、すぐに《アイテムボックス》に収納した。

危ない危ない。ビタンを食べるペルシュリンホースが思った以上に可愛いというかほっこりするというか、目的を忘れるところだった。

キッチンカーに戻ると、チャチャがテーブルにティーカップをセットして待っていた。

椅子に座ったら、すぐにカップにお茶を注いでくれた。緑茶のような風味のエント茶だ。

半分ほど一息に飲んでカップを置き、先ほどの従魔の印をテーブルの上に置く。

それは銀色の金属の、首輪というより三日月型の金属プレートを鎖で繋いだ首飾りっぽいものだ。プレート部分の真ん中に青い魔石を埋め込んである。

「なんでちゅか、それ？」

「これか。〝従魔の印〟という従魔につける魔道具だ。ジライヤたちがつけてる赤スカーフの代わりかな」

俺は目線くらいの位置に首輪をぶら下げてみる。

＝従魔の印・青　魔力登録者オイリー　状態・正常
魔石に《従属・魔獣》の魔法陣が刻まれた魔道具。魔力登録したオイリーを主、装着した対象を従とし《従属・魔獣》効果を発するが、主の能力を上回る従には効果はない。すでに《従魔契約》した主従にはその効果を上げる。レハーティーが作成した魔道具＝

あれ、なんだかさっき聞いた話だと、これを元に隷属の首輪が作られたって言ってなかったか？

そんなに効果が高そうにも見えない。〝主の能力を上回る従には効果はない〟ってなってる。

『イエス、マスター。従魔の印にはいくつか種類があり、これはテイマー専用の〝青〟と呼ばれる品のようです』

ナビゲーターは俺が〝従魔の印・青〟の情報を手に入れたことで、近似の情報を引き出してきたのだろう。

問題の品は〝従魔の印・赤〟という《従魔契約》が付与された魔道具で、契約を交わしていない対象を従わせる魔道具になる。テイマー以外が使用できる魔道具だそうだ。青と赤では付与内容が異なっている。

俺はテイマーだから青でいいんだな。ていうか、あの三人のうち誰かがテイマーなのか。

「おかえりー、おそかった、やん」

宿の部屋に戻ると、ツナデが出迎えてくれた。

「ルーナ、もう、寝たで」

二つあるベッドの奥の方でルーナは寝息を立てていたが、ツナデはルーナの寝ているベッドの足元に座って、お猿さんリュックの紐を触っていた。

そういえば適当にベルトを長くしただけだったな。

でもハヌマーンになったツナデに、お猿さんリュックはちょっと幼すぎるよな。新しいの作るか。

「そのリュック小さいだろ。新しいの作るか」

「いやや、ウチこれが、いいねん」

そう言ってツナデはお猿さんリュックを抱きしめるように抱えた。

「……そやけど、もうちょっと、大きゅうして欲しいな」

「んー、じゃあちょっと貸してみ」

ツナデがリュックの中身をベッドの上に並べている横で、俺は手に持っていた従魔の印をベッドの上に置き、空(から)のリュックを受け取ると、床に座り込んだ。

猿のデザインの蓋だけそのままで、他の部分を大きくする。ショルダーストラップはそのままだと肩に負担がかかりそうなので、ホーンラビットの毛皮で裏打ちして幅を広くしておくか。

ポケットが大きくなったせいで、解体ナイフが埋もれる。

このナイフって、フォレストマンキーのときに用意したやつだ。最初は大きめだったけど、リトルマンキーのときはちょうどよかったんだよな。

ハヌマーンの今だと小さすぎて、オークの解体のときも扱いにくそうだった。普通の鉄のナイフは、まめに手入れしないと切れ味落ちるし。

ククリの予備を《アイテムボックス》から取り出した。

このままの大きさじゃ使い勝手が悪いので、《錬金術》でツナデが扱いやすいサイズにするか。

いや、これじゃなくて、前に加工した包丁をツナデサイズにした方がいいな。

ククリを収納し、アジフライのときに作ったブレードディアの包丁を取り出して《コピー》する。

刃の部分は〈圧縮〉で小さくした方がいいかな。いや、〈圧縮〉だと重さが変わらないか。

「ツナデ、ちょっとこれ持ってみて」

「なんや、ナイフ？」

「今の解体ナイフは小さくって使いづらいだろ。身体が大きくなって手も大きくなったから、扱いやすいサイズで新調した方がいいと思って」

ツナデは受け取った包丁を右に左に持ちかえたり、くるりと回してみたりする。

「持ち手、太さはいいけど、刃が幅広やな、もちょっと細めがええ」

「そっか。んー、こんなもんか」

俺が作った包丁は、どちらかと言えば三徳包丁の形をしていた。〈変形〉で今まで使ってた解体ナイフと同じような形にもっていくか。

「あとな、このあたりも少し細めで、こっちの角度はこんな感じで」

俺がサイズの調整をしていると、刃の形とか色々希望を出してきた。

「よし、こんなものか。ブレードディアの角だから、魔力を通したら切れ味が上がるんで気をつけてな。ツナデは《魔力操作》のレベルが高いから、うまく扱えるだろう」

でき上がったのは、少し刃渡り長めの牛刀のような解体ナイフだ。鞘(さや)はロックリザードの皮を重ねて作るか。完成した解体ナイフをツナデに渡す。

すると、ツナデの前に槍のような木の枝が出現した。ツナデは〈蔓(つる)の槍〉をよく使うので何度も見たことがあるが、ジャンピングソードフィッシュ相手のときと比べ、太さも長さも増している。進化の影響かな。

漠然とそんなことを考えて〈蔓(つる)の槍〉を眺めていたら、ツナデが手にした新しい解体ナイフを左右に数回振った。

カカカッと微(かす)かな音をさせたのち、〈蔓(つる)の槍〉は四分割されて床に落ちた。

「ホンマ、よう切れるわ。おおきにフブキ。せやけど、ウチだけもろたら、ルーナ拗(す)ねるで？」

その言葉に、俺はツナデの解体ナイフをさらに《コピー》して、ルーナの浣熊(あらいぐま)リュックの上に置いた。レベルアップで、触れてなくとも《コピー》できるのは楽でいい。

ルーナ用の調節は明日だな。浣熊リュックもそのときでいいか。

ツナデは大きくなったリュックに荷物を詰めていたが、俺が置いた従魔の印に目を留めた。

「なにこれ、キラキラして、きれいやな」

魔石の部分を見て、触ろうと伸ばした手を、俺が遮った。

「それ、厩舎にいたペルシュリンホースにつけられていた従魔の印を《コピー》したものだ」

「ふーん、魔石の中、キラキラしてるで」

ペルシュリンホースの主人の魔力が登録されているけど、鑑定に〝魔力登録したオイリーを主、装着した対象を従とし〟となっていたので、念のため主登録済のものは触らない方がいいかなって。

触ったくらいじゃ何ともないだろうとは思うが。

『イエス、マスター。ツナデたちには、他者の魔力登録済みの〝従魔の印・赤〟であっても影響はありません。現在ツナデたちは《従魔》ではなく《眷属》になっていることで、他者の《従魔契約》を受けつけません。従魔の印の効果は打ち消されます』

そうなんだ。……あれ？　効果がないなら、つける意味ってないんじゃね？

「それって、付けてることで周りが安心する、ちゅうのやなかったか？」

ああ、周りに対して、「この魔獣は従魔ですよ、ちゃんと言うこと聞きますよ、危なくないですよ」アピールだったな。

さっきは気がつかなかったけど、ツナデの言う通り、魔石の中心の何かが光を反射してるのか？

針入り水晶のような？

『イエス、マスター。それは魔石に付与された《従属・魔獣》の魔法陣です』

魔法陣型なら魔法陣が、スキル付与型は明確な形はないが、力が鈍い光を放つようだ。光の強さは付与されたスキルの強さによる。レベルが高ければ光は強くなるので、魔道具の価値を測る目安になるようだ。

〈付与〉が使えるようになったし、試しに何か作ってみるか。

早速、この前選別した魔石を取り出した。

闇属性のオークキング、風属性のワイバーン、火属性のキラーグリズリー、水属性のクラーケン、地属性のフォレストアナコンダ。光属性の魔石は残念ながらないので、火属性で代用する。

一応練習ということで、昨日ルーナたちが持って帰ってきたホブゴブリンの魔石を使ってみる。

魔素の吸収力を上げてチャージする頻度を減らして、かつ使用者のＭＰも節約できるように〈ＭＰ自然回復率上昇〉を付与する。

「〈ＭＰ自然回復率上昇〉を〈付与〉」

ピシピシ……バリン！

あ、罅が入ったと思ったら砕けた。

「壊れたで、フブキ」

横で俺のすることをじっと見ていたツナデが、ちょっと呆れた顔をした。

『マスター、ホブゴブリンの魔石程度ではスキルレベルの高い〈MP自然回復率上昇〉に対する耐久度はありません。レベルの高いスキルや魔法を〈付与〉するなら、等級の高い魔石でなければ耐えられません。また、低レベルであっても複数を〈付与〉するなら等級の高い魔石が必要です』

「はい、次から気をつけます」


あの後結構な数の魔石を屑にしてしまった。オークやコボルトの十七等級では〈MP自然回復率上昇〉が付与できず、この等級だと〈ファイヤー〉などの魔法と魔素吸収の魔法陣がせいぜい。魔法と〈MP自然回復率上昇〉両方を付与できたのは、十一等級以上のクラーケン（ウォーター）とレッサーワイバーン（ウインド）と十等級のキラーグリズリー（ファイヤー）だ。

砕け散った魔石は《錬金術》の〈変型〉で塊に戻しても、魔素を保持する力が失われてしまい、チャージすることができなくなっていた。

文字通り〝屑〟になった。まあ、〈複製〉でいくらでも出せるから。

隣で眺めていたツナデも失敗の連続で飽きたのか「ウチ、寝るわ」と、ルーナの隣に潜り込んだ。

俺は《夜目》があるから、明かりなしでも作業する分には問題なしだ。

かなりの魔石を屑にしたのち、アプローチの方向を変えてみた。「吸収力があげられないなら元の魔素量が多ければいい」と。

では、魔素保有量を上げるにはどうするか。なんてことはない、サイズを大きくすればいいのだ。

数個のオークの魔石を〈変型〉で固めて一つにすれば、単純に魔素保有量が増える。

大きくした場合でも〈MP自然回復率上昇〉を付与した時点で砕けるのは変わらず。これは質の問題だった。いくら数を増やして大きくしても魔石の質自体はそのままなので、二種付与はできなかった。

実験を兼ねて、十六等級のオークライダーやバンディットなどの魔石で、魔素吸収の魔法陣を描いた〈ファイヤー〉の魔道具を使いまわせるように十個ほど、〈MP自然回復率上昇〉との二重付与の魔道具をキラーグリズリーの魔石で五個ほど作っておいた。

以降は実験せずに、素直に等級の高い魔石だけで作った。

お風呂には《熱魔法》で〈摂氏四十二度〉を付与した魔道具。沸(わ)かしすぎることなく、追い焚(だ)き機能というか保温機能付きという高機能だ。

給水用の〈ウオーター〉の魔道具は、お風呂とキッチンとトイレに。キッチンカーの換気窓用に〈ウインド〉の魔道具も作った。

火の魔石に〈ライト〉を付与してランプも作った。これは〈MP自然回復率上昇〉を付与せず数時間で消えるように。夜の間ついていればいいからね。使わない昼の間に魔素吸収すればいい。数は多めに用意したよ。そのうちランプシェードでも作ろうかな。

明日キッチンカーに、でき上がった魔道具を取りつけよう。チャチャの助けになるだろう。

チャチャは《属性生成》があるから自前でできるんだが、補助があればＳＰの消費を抑えられるので楽になるはずだ。

クラーケンの魔石に《従魔契約》を付与すれば〝従魔の印〟を作れるんじゃないかと思ったが、魔石が砕けた。

ナビゲーターが言うには、俺の《従魔契約》のスキルレベルが高いせいで魔石がもたないんだとか。

うーん、残念。やっぱり買わないといけないかな。

他にも色々付与してみた。だが高確率で魔石が砕けちる。

俺の持つ魔石で等級が一番高そうなのはオークキングだ。闇属性ではあるが、これに《空間魔法》の〈空間拡張〉と《重力魔法》の〈減重(ウエイトダウン)〉、《時間魔法》の〈スロウ〉を付与したかったが、この三つを付与することはできなかった。仕方なく別々に作って一つの鞄に入れることで、マジックバッグが完成したのだ。やったぜ。

ツナデやルーナのリュックサックにもつけてやろう。

そんな感じで色々やってると、外がうっすらと明るくなってきた。

やべ、夜が明けてしまう。寝なくとも平気だけど、一晩中やってたってルーナとツナデに知られたら、また呆(あき)れられるな。

とりあえずあと一、二時間はベッドに入っておこう。

翌朝チャチャの作ってくれた朝食をとり、朝市を覗(のぞ)いてからゼテルに向かって出立した。

ゼテルまで残り三分の一というあたりで、魔道具の効果確認のためキッチンカーを出して〈ウエイトダウン〉と〈MP自然回復率上昇〉を二重付与した減重の魔道具を取りつけた。

減重の魔道具は一つではキッチンカーが大きくて、効果が全体に及ばなかったため、設置数を四つに増やした。

ジライヤに引いてもらったが、重量が半分だと空（から）の箱車より軽いようだ。〈ウエイトダウン〉の消費MPは存外少なく、チャージしなくとも自動回復で事足りる。うん、よかった。

マジックバッグについても〈ウエイトダウン〉は問題なし。〈空間拡張〉についてはルーナたちの分は三倍、俺の分は五倍にしてあるのだが、三倍については問題ないが、五倍は回復量より消費が上回った。

〈スロウ〉は残念ながら二時間しかもたなかった。やはり《時間魔法》はMPを消費する。時間経過十分の一設定だったので、半分の五分の一設定にすればもう少し持つだろう。今のところは必要なときだけ発動させる感じかな。

そして四刻にはゼテルの町に到着した。国境の町というだけあり、断絶の山脈の端、尾根を利用した城壁が結構な長さで二国間を分断していた。

万里の長城ほど長くはないが、数キロメートルはありそうだな。

町も石造りの城壁に囲まれているが、こちらからの出入りはそう厳しくない。東以外は、同じヴァレン領内だからだろう。

第四章　国境を越えるには

「え、ここで通行許可証の発行ができない？」

「はい。現在ロモン公国国境の通行許可証は、ヴァレンの領都ルーンの役所でしか発行できません。その際各種ギルドマスターの紹介状など、身元保証が必要になります。冒険者の場合、よほど素行が悪いなどがなければ、紹介状は貰(もら)えますよ。多少日数がかかるかもしれませんが」

ロモン公国とフェスカ神聖王国との関係が悪化しているせいで、ロモン公国への入国審査が厳しくなっている。

少し前まで、ここゼテルでも通行許可証の発行ができていたのだが、フェスカの工作員が冒険者を装い偽の通行証を使ってロモン経由で入国して事件を起こしたことで、より厳しくなったそうだ。

どっちにしろ、鞍を受け取りにルーンへ戻る必要があるのだが、わかっていればルーンで通行許可証を発行してもらうまで待てばよかったな。

ゼテルの冒険者ギルドを出て、外で待っているみんなのところへ戻る。

『お帰りフブキ』

「早かったね」

「フブキ。許可証、貰えたんか？」

『まま〜』

「お帰りなちゃいまちぇ」

ジライヤ、ルーナ、ツナデ、オロチマルが俺に駆け寄り、チャチャがキッチンカーから顔を覗かせる。

「あ〜、ここじゃ許可証発行してないんだって。ルーンに戻って、まずギルドマスターから紹介状を貰わなけりゃならない」

「ほな、この町、もう出るんか」

「出発する？」

昼食を取ったらルーンに戻ることになったが、昼食には少し早いので、チャチャが市場を見たいと言ってきた。今朝スクの朝市に行ったとこなんだが。

まあ昼まで少し時間があるし、買い物をすることにした。俺じゃなく、チャチャが行きたいって言ったんだからな。

「あちゅかっているおやちゃいは、ルーンとあまり変わりまちぇんね」

「そうだな。国境近くと言っても同じヴァレン領内だし」

「ロモンからの荷が減ってるって、向こうのおっちゃんが言うとったで」

「あれはどう？　チャチャ」

「お昼前でちゅから、あまりいいのがありまちぇんね」

ジライヤとオロチマルには車の見張りを兼ねて留守番をしてもらったんだが、そうすると女子に囲まれる羽目になった。

いや、精霊に性別はないからチャチャは女の子じゃないんだが、どうしてもハウスワーカーの格好がエプロンドレスっぽいので、女の子に見えるんだよ。

露店の多い市場は、朝の早い時間に始まり、昼には終わるそうだ。大体の露店は近隣の農村から夜明けに収穫したものを売りにきて、昼には帰るというものらしい。だから売る量もその日に売り切れるよう加減しているみたいだ。すでに店じまいしているところも多い。

「ここは諦めて、あちたルーンの朝市に期待ちまちゅ」

チャチャのお眼鏡にかなうものがなかったので、ジライヤたちと合流してすぐにゼテルの町を出ることにした。

俺たちは南門から町に入ったが、北門から続く街道がルーン方面につながっているので、町をつっきって北門から出る。

近隣の農村に帰るのか、空の荷車を引いて道を急ぐ人たちとしばらく足並みを揃えていたが、みな脇道に逸れて人がいなくなったあたりでキッチンカーを停め、昼食にした。

ゼテルからもルーンからも中途半端な距離なので、このあたりで野営したり、休憩したりするものはいない。

チャチャの作ったおいしい昼食を堪能し、お茶を飲みつつ食休みも終えたら、キッチンカーを収納する。

この辺で〈空間記憶〉してルーン東の森にした〈空間記憶〉と繋げば、あっという間にルーンである。歩いて一時間の距離なんて、走ればあっという間さ。

「じゃあ行くぞ〜。〈空間接続〉っと」

縦二メートル、幅二メートルのゲートは森の木々を映し出す。マップはゲートの向こう側を表示してくれない。通過してからでないと切り替わらないのだ。全身じゃなくてもいいので、俺が先に頭だけ出してあたりをチェック。

モンスターというより、人に見られていないかを確認している。

「はいみんな通って通って」

今のところ、ゲートの先にモンスターやら人やらに遭遇したことはない。

一応人のいなそうなところを選んでいるが、人のいないところはモンスターがいる可能性が高いのだ。

ま、うちの子たちが苦戦しそうなモンスターが、街や村にほど近い場所にいるとは思わないけどね。

「鞍の件もあるからルーンまでは箱車を出すか」

こっちの箱車にも減重の魔道具を設置しておくか。最初に一個作った後は全部〈複製(デュプリケイト)〉で量産できるからな。

箱車を出すと、ジライヤはスッとハーネスの取りつけ位置に移動する。それを見てオロチマルも隣に並んだ。

俺がハーネスを取りつけていると、ツナデとルーナが御者台に乗る。

もう何も言わなくとも定位置化してるな。

チャチャはしばらくお休みになる。

後ろから荷台に上がると、四隅に魔道具をセットし、魔力を流して効果を発動させる。

「ほな、行くで～」

魔道具の発動を確認したツナデが、ジライヤに合図をした。

「おっと」

ある程度ならされた道だが、日本のアスファルトとは雲泥(うんでい)の差だ。そこそこスピードを出すと揺れがすごいが、身体能力が上がった今では、バランスを崩すことは少ない。

この速度だと、座るとお尻が大変なことになるので、ツナデとルーナも御者台では立っている。

《疼痛耐性(とうつう)》で痛みを感じなくても、腫(は)れたりはするのだ。

俺も荷台の中で踏ん張る。今ならスケボーとかサーフィンとか乗りこなせるかな。

そうこうしているうちに、ルーンに到着した。門には人が多く、待たされるかと思ったが、すんなり入れた。入る方は混んでおらず、ルーンから出ていく人間でごった返していたのだ。

積荷はないので、門兵の確認もすぐに終わり、北門から中心部に向かう。

素材を積んでいても商人じゃなくって冒険者の場合、狩ってきた獲物については門では徴税されず、冒険者ギルドの依頼料や素材の売却金から引かれているそうだ。

俺、ちゃんと税金払ってたんだね。

ルーンの都は相変わらず賑わっている。

「まずは冒険者ギルドで紹介状を貰わなきゃならないのか」

箱車を宿に預けたかったが、南門までは遠いので諦めて、そのまま移動する。冒険者ギルドの搬入口近くに駐車スペースがあるので、ジライヤとオロチマルはそこで待っていてもらい、ツナデとルーナだけつれて、冒険者ギルドの中に入っていった。

一昨日は冒険者ギルドには寄らずに済ませたんだよな。今回は移動の手続きもしておくか。

ルーンの冒険者ギルドは元王都なだけあって、煉瓦や石材が豊富に使われた三階建ての建物だった。

同じ国だが、ヴァンカとは少しちがう。たぶんヴァンカの近くには石材の採れる場所が少ないのだろう。デッダ村の建物は木材が多く使われていた。

ウォルローフ先生の屋敷はさらに建築様式が違うから、フェスカから建材を持ってきたのかもな。

ルーンに近い断絶の山脈には、ガラフスク村のような石材産出専門の村があるし、反対の西側にもリノレン山がある。山に近いあたりは石材が豊富なんだろう、城壁も城も石作りだ。

だが、中に入れば雰囲気はどこの冒険者ギルドも似たようなものだ。ただし元王都だけあって規模はでかいな。

獣族が多いが、人族だからといって特に目立つわけではない……が、多分俺の後ろをついてくるツナデに視線が集まっている気がする。

人の多い時間帯じゃないからマシかな。

ツナデは普通に脚で歩いている。猿って二足歩行もできるけど、手も使って移動するイメージがある。それに、ツナデは背筋を伸ばして、荷物まで背負ってるから、魔物感が薄い。

さらに時々《浮遊》を使って移動するので、歩行時特有の上下運動がなく、すーーって移動するから違和感ハンパない。

あ、カウンター空いた。

「ヴァンカから移動してきたんだけど、ロモン公国に行きたいんだ。許可証申請するにはギルドマスターの紹介状がいるって聞いたんだが、ここで貰えるかな」

ギルド職員は俺とルーナのギルドカードを確認して、移動手続きをしながら会話をする。

一昨日ルーナたちが倒したホブゴブリン一匹とゴブリン三匹は【ホブゴブリンに率いられたゴブリン】として七級になった。

「テイマーだけど、ロモン公国の出身じゃないんですか？　珍しいですね」

「ああ。まあ」

　適当に言葉を濁す。

「五級冒険者で依頼失敗なし、達成もほぼ良以上で罰則も違反もなし……優秀ですね。ギルドマスターの面接を受けることができますが、ちょっとお待ちください」

　職員は後ろにいる職員と何か話してから戻ってきた。

「ギルドマスターはただいま来客中でして、面接の日時の確認のため少々お待ちいただくことになるのですが」

「どれくらいかかりますか」

「それがなんとも……」

　うーん、とりあえずしばらく待つか。あ、そうだ。

「しばらく待って、もっとかかりそうなら出直すよ。それと、従魔の印って、冒険者ギルドで購入できるのかな。三個ほど欲しいんだが」

「申し訳ありません。ただいま在庫切れです。このところ入荷が難しくなってまして。かなり価格が上がってしまいますが、街の東区の貸し騎獣屋なら置いているかもしれません」

　在庫切れか。スクの町で会った行商人が言ってた通りだな。ここで買えなかったら、ロモンに行ってから買うか。

うーん。従魔の印なしでロモンに行って問題ないのかな。聞いてみるか。

考え込んでいると、奥にある階段から、人の声と階段を下りてくる足音が聞こえた。

「ああ、ギルドマスターの話が終わったようですね。面会日時について確認しますので、しばらくお待ちを」

職員が階段の方を振り返ったので、つられて俺も階段に視線をやった。

三人の男性が上機嫌な感じで会話をしながら降りてきた。そのうちの一人、一際(ひときわ)声の大きい立派な鬣(たてがみ)の獅子獣族に見覚えがあった。

「む、白い猿の従魔。おお、フブキじゃねーか。そういえばルーンに行くと言ってたな。もうきたのか。お前、素材買い取りの代金を受け取りにこなかっただろ」

向こうも俺を覚えていた。まあ数日前に会ったばかりだし。

「どうも。あれって、こっちで受け取れないかって言ってたんだけど」

「ふーん、まあ手続きはできるが、こっちには移動手続きか？」

「それもあるけど、ロモン公国に行くために、ギルドマスターに紹介状を貰(もら)おうと思って」

「おお、そうか。なら俺が紹介状を書いてやろう。おう、誰か部屋を貸してくれ」

ローエンのギルドマスターは、近くにいた職員の一人に声をかけた。

声がでかいんで、非常に注目を浴びている。

「それは私の仕事だろう、レガート」

「あ、マスター」

「なんだセッテータ。お前の仕事を減らしてやろうというんだ。感謝しろ」

階段からセッテータと呼ばれた女性が下りてきた。

職員が「マスター」と呼んだので、ここルーンの冒険者ギルドマスターなんだろう。

ここのマスターは女性なんだ。

つーか、なんでドレスなんだろう？　冒険者ギルドのマスターって、元一級冒険者が多いって聞いたけど、この人も元冒険者なんだろうか。そんな風には見えないが。

……胸元が大きく聞いたマーメイドラインの黒のドレスを着てるんだよ。

種族はなんだろう？　肌は色白通り越して青白いというか、ドレスの黒の対比で余計白く見えるのかな。

あと、ムル村で出会った虎獣族のララさんが立派なものをお持ちでしたが、こちらも負けず劣らずの……

「じぃーーー」

「じとぉーー」

「な、何かな、二人とも」

「別にぃ」

『なんも、ゆーてへん』

み、見てないよ。そんなには見てないからね。ゴホゴホ。

ツナデは途中で念話に切り替えてきた。

「ふむ、珍しい従魔を連れているな。見たことのない猿系モンスターじゃな」

ルーンのギルドマスターは、キセルのようなものをふーっとふかしながら、ツナデをじっと見る。

「おい、セッテータ。そんなことより場所を貸すのか、それともお前が書くのかどっちだ」

焦れたローエンのギルドマスターが割って入ってきた。ルーンのギルドマスターは数回瞬きをしてローエンのギルドマスターの方を振り返る。

「ああ、フブキと言ったか。ついてくるがいい」

ルーンのギルドマスターは、ドレスの裾をひらりと返し、階段を上っていく。

「ほら、行くぞ、フブキ」

俺はローエンのギルドマスターにガシッと肩を掴まれ、引きずられるように階段を上る羽目になった。

「ふむ、おぬしがオークキングやワイバーンを倒した冒険者か。一見そんな手だれには見えんが」

ルーンの冒険者ギルドマスターは、紫煙を燻らせつつ俺を見る。なんだかピリッと肌を刺す感じがした。

『イエス、マスター。ルーンの冒険者ギルドマスターより、鑑定系のスキルをかけられたと思われます』

うええ！

「うーん。レベルはそこそこありそうだな」

彼女は腰かけていた椅子にもたれ、腕を組む。

その動作のせいで何かが強調され、つい目がいってしまう。

「おいおい、気をつけろ。ああやって乳に意識を向けさせて無防備になったところにつけ込むやつだぞ」

ローエンのギルドマスターに、背中をバンッと叩かれ、我に帰った。

「ふん、失礼な。《鑑定》持ちのように、何もかも覗こうというスキルではないぞ」

「はん、《鑑定》だって、何もかも覗けるわけじゃねえだろ」

ルーンのギルドマスターは自己紹介をと、きちんと「セッテータ」と名乗った。種族は虎獣族。

知っているのはララさんに次いで二人目だけど、どっちもおお――って、いてっ。

虎獣族って大きいのかな。

「じぃーー」

「な、ルーナ」

隣に座ったルーナが俺の太ももに爪をたてたせいで、またたわなものに向きかけていた意識が逸れた。

彼女のスキルは《鑑識》という、《鑑定》の下位互換で《真偽》の上位互換のようなスキルで善悪・

良否・真偽などを見分けられるらしい。

《鑑定》と違って「だいたいこんな感じ」というふうにしかわからないそうだ。「オークを倒せるのか」という問いに対し「オークを倒せる強さあり、嘘をついていない」みたいな？

え、ちょっと違う？　まあ今は大事なとこはそこじゃない。

「ああ、紹介状が欲しいのだったか。何のためにロモンへ行きたいのだ？」

「知人を捜してるんです。スーレリアって国にいると〝確かな筋〟からの情報を得ました。ここからスーレリアに行くには、ロモン公国から中央山脈沿いの国を越えていく必要があると聞きました」

セッテータギルドマスターは俺をじっと見る。するとまたピリッとした。痛みがあるわけじゃないけど、何だ？　ああ、スキルを使われたのか。

「ふむ、嘘は言っていない。優秀な冒険者が他国へ移ってしまうことは残念だが、出身は……エバーナ大陸か。そもそもヴァレンシ(うち)の出身ではないしな。よかろう、紹介状を書いてやる」

「ありがとうございます」

よかった。すんなり話が通ったよ。

「おいおい、それは俺が書いてやるって言っただろ」

「ここはルーンだ。彼は紹介状を求め、ここにきたのだ。私の仕事だろう」

二人が言い合いを始めた。俺の関係ないところでやってほしい。俺の用件は伝わったが、ここでこのまま待つのか、いとまを告げるべきなのか……

「ああそうだ」

ローエンのギルドマスターは、名をレガートという。「名乗ってなかったな」と今更だが自己紹介された。

「オークの残党についての詳しい報告はまだだが、集落を潰した跡は見つかったそうだ。そこで、フブキの昇級の件だが」

通常四級昇格にはギルドが指定した依頼を達成する必要がある。だが、オークキングの率いる集落を殲滅したとのことで、今回はそれを指定依頼の代わりとすることにした、と言われた。

俺としては、わざわざ指定依頼を受けなくてよくなったからありがたいのだが。

「俺とセッテータ、二人のギルドマスターが認めた。だから何の問題もない」

バンバンと背中をレガートギルドマスターに叩かれた。いや痛くはないんだが、スキンシップが激しくないか？

「それと、そっちのお嬢ちゃんのことだがな」

レガートギルドマスターが、俺の横に座っていたルーナを親指でクイッと指した。

「まあなんだ、普通は五歳、いや六歳だったか？　そんな小さな子供をポーターとして登録することはあっても、戦闘に参加させることはまずない」

「そうだな。登録自体に年齢制限はない。だから、ギルドの設備を使えるよう〝ポーター〟という職を用意しているが、実際のところ小さな子供に運べるものなどわずかだ」

「冒険者の昇級資格は十歳以上としている国は多い。ヴァレンシは獣族の土地だから、獣族の場合は八歳から可能だぜ」

そういえば、ミスルの街でルーナの登録をしたとき、「獣族の登録の制限はないが昇級資格は十歳」と言われたたな。

ミスルはベルーガの獣族が多く訪れるが、テルテナ国は人族の国だった。国によって多少の違いがあるのか。

『イエス、マスター。冒険者ギルドには基本となる規則がありますが、国単位でグランドマスターが、街単位でギルドマスターが決めることができるローカルルールもあるようです』

「実際のところ、その嬢ちゃんにはオークの上位種やレッサーワイバーンにトドメをさせる能力があることが、カードに記載されていることで証明されている」

「正しくはトドメではなく、一番ダメージを与えた者のギルドカードに表示される」

レガートギルドマスターの言葉に、セッテータギルドマスターが修正を入れてきた。

「わかってる、言葉のあやだ。いちいち揚げ足とるんじゃねえ」

「事実はきっちりせねば」

などとやりあうので、話が進まない。

しばらく言い合いを止めるべきか悩んでいたが、俺が声をかける前に話が戻った。

「テイマーの場合、従魔が与えたダメージは主のダメージとされるため、その少女もテイマーなのかと思ったが違うようだ」

従魔の能力はテイマーやブリーダーの能力、戦闘力と考えるので、本人の能力だけを見るわけではないとのこと。

第一、弱すぎるマスターではたとえ〝従魔の印・赤〟があったとしても、魔物を抑えられなくなるそうだ。

モンスターランク・Aのうちのオトモズは、冒険者ギルドの設定する単体討伐対象一級相当。それは倒すには、一級パーティーもしくは二級パーティー複数が必要という意味だ。

あくまでも「一頭の場合で」という注釈付き。

ハヌマーンやマーニ＝ハティ、いや猿系と狼系は基本群れをつくる魔物なので、はぐれでない限り、一頭きりの出現はない。

なので、もしハヌマーンやマーニ＝ハティが街や村の脅威となった場合、数パーティー合同、いわゆるレイド的な依頼になる。

ただ、MR・Aのモンスターは、いずれも人の暮らす土地とは棲み分けるだけの知能を持っている場合が多く、ほぼ見かけることはないそうだ。人が暮らしにくい魔素濃度の濃い土地を棲処にするため、人の居住区域と重ならないことも理由だ。

ちなみにクルカンは珍しすぎて、ギルドマスター二人でも聞いたことがない種族だそうだ。

なんでも、石化鳥系はテイムが難しいのだとか。

モンスターをテイムするには弱らせる必要があるのだが、石化攻撃を防ぎつつ弱体化させることが難しく、コカトリスや石化蜥蜴(とかげ)系のバジリスクなどは、罠にかけて攻撃される前に仕留めるのがセオリーのモンスターなんだとか。

俺は雛(ひな)から育てたのだが、コッコトリス同様、卵は食材として需要があるので（しかも高額取引される）孵化(ふか)させるやつはいない。

テイマーの従魔が〝存在進化〟することは知られている。

うちのオロチマルはコッコトリスからコカトリスへ、そしてフェスティリカ神のおかげで、一ランク飛ばしてる。

順当に行けば、エレコカトリアかフィアバジリスクというMR・Bのモンスターになってたはずである。それを飛ばしてクルカンになった。

スキル《取得経験値シェア》や《取得経験値補正》がないと、存在進化するのにどれだけのモンスターを倒さなければいけないのか。絶対、年単位でかかると思う。

「何が言いたいのかというとな」

「二人はほぼ同時期にギルドカードを作成している。なら、フブキが受けた依頼はルーナといったか、その子とともに受けてきたのだろう？」

「ええ」

俺が返事をしている横で、ルーナが頷(うなず)いている。

「フブキと同じ四級にすることはできんが」

「七級(カッパー)あたりくらいは認めてもいいと考えている」

「やったあ」

ルーナが声をあげて喜んだ。

『よかったやん。それで、フブキとおんなじ冒険者ちゅうのになるんか』

ツナデがルーナに念話で語りかける。

「ただし」

レガートギルドマスターが、喜ぶルーナの注意を自分に向けさせるように、大きめの声を出した。

「二人のギルドマスターに、その実力を示してもらわないとな」

「そういうことだ」

俺たちは、ニヤリと笑う二人のギルドマスターの顔を交互に見た。


連れてこられたのは、冒険者ギルドに併設されている訓練場だ。

懐かしいな。ミスルの街の冒険者ギルドで初心者向け講習を受けた場所を思い出した。そこと似た雰囲気(ふんいき)の施設だ。

結局、盾も槍も使わずにここまできたな。

せっかく買った槍も未使用のまま倉庫の肥やしになっている。いざというときの予備武器として

〈複製〉して使えるようにコピー済だが、ログハウスの倉庫に二本とも眠っている。

ブレードディアの角製のククリが複製できるから、ほぼ槍の出番はない。

スキルレベルが4になったことで《アイテムボックス》の容量が百個に増えたため、入れておいてもいいのだが、使わないから忘れたままだ。

今度売ってもいいかな。

「さて、嬢ちゃんは狩人か。腰にナイフを差しているが得意武器はそれか？　弓はなあ……さすがにその身体に合わせた弓はないか」

延縄漁の仕掛けのように、端のひもを引くことでぶら下がった的を揺らす仕掛けがそこにあった。

「近接はナイフ、遠距離は弓じゃなくって、これ投げてるよ」

ルーナは腕甲のスローイングナイフをチャッと引き抜き、両手に三本ずつ持つとシュタタタっと連続投擲、揺れる的に全部命中した。

ルーナは《投擲術》に《命中率上昇》まであるから、投擲に関しては俺より命中率が高いと思う。

でも俺がスキル《必中》を習得したので、今ならどっこいどっこいか？

「ほう、なかなかの手捌きだな」

素早い仕草にセッテータギルドマスターが感心する。

「あと、魔法」

「「は？」」

「〈サンダーアロー〉」

ツッパァーン……

的の一つがはじけ飛んだいきおいで、連結された残りの的がぶつかり、鳴子のようにがらんがらんと音を立てた。

「待て待て待て、嬢ちゃんは豹獣族だよな。なんで魔法が使えるんだ？」

レガートギルドマスターが、ルーナではなく俺の両肩を掴んで揺さぶってきた。

セッテータギルドマスターも目が点になっている。

「獣族だって、全く魔法の素質がないわけじゃないと……」

「いやいやいや」

俺の説明に納得いかないとばかりに、さらに肩を揺すられた。

「……レガート、落ち着け。獣族とて魔法スキルを得た例はある」

その言葉に、レガートギルドマスターが俺から手を放した。

「んん、ああそうか、神の……」

言いかけて手を口に当て、言葉を呑み込む。

「そ、そういうことか。それなら納得できる。うん、そうだな」

レガートギルドマスターが一人頷いている。俺がよくわからないでいると、セッテータギルドマスターが寄ってきて小声で耳打ちした。

「獣族であっても神より《慈悲》《祝福》《加護》《寵愛》を賜ったものは、魔法スキルを習得できるようになると、発表した学者がいたのだ」

それって、どこかの小人族の学者ですか？

ていうか、当たってるんですけど。なにがってなにがです。

セッテータギルドマスターが俺から一歩退き、スローイングナイフを回収してきたルーナを見る。

「あまりおおっぴらに魔法を使うことは控えた方がいいぞ」

そしてルーナの頭を撫でながら「よい腕じゃな。では次は近接戦闘じゃな」と、レガートギルドマスターの方を向いた。

「次は近接戦闘か」

そう言うレガートギルドマスターを無言で見るセッテータギルドマスター。

「は、俺が相手をするのか？」

「他に誰がおる」

今この訓練場には俺たちしかいない。

「さすがに俺が相手をするのは……」

『なんや、訓練か？　ウチが手伝ーちゃろか』

しゅぽぽぽん。

俺の背中に張りついているツナデが指を弾くような仕草をすると、三体の白いロングテイルマンキーが現れた。

「うおっ、なんだ？　モンスター！」

「一体どこから！」

二人のギルドマスターは素早く武器を構える。レガートギルドマスターは幅広の剣を、セッテータギルドマスターは鞭だった。

「あ、うちの従魔のスキルで《分体》っていいます。近接戦闘の相手がいるっていうんで出しました」

慌てて二人を止めると、二人は武器を構えたまま俺、というよりツナデを見た。

『ほないくで、ルーナ』

「いいよ、ツナデ」

ルーナはナイフを鞘付きのまま構える。

『〈突撃〉』

ツナデの合図で、三体のロングテイルマンキーが三方向から一斉に飛びかかった。

引っ掻き攻撃を繰り出す分体をルーナはナイフで弾きつつ、別の一体の攻撃をかわし、三体めを蹴り飛ばしながら後ろに飛んだ。

分体の方はルーナに吹っ飛ばされたように見えたが、それぞれ空中で身体をひねり、すちゃっと地面に降り立ち、ルーナを窺うような構えをとる。

かなりのジャンプ力と攻撃を見せる分体に、不思議な感じがした。

見た目はロングテイルマンキーの頃のツナデだ。ちょっと顔つきが違うが。

確かに《跳躍》と《引っ掻き》や《噛みつき》というスキルを持っていた。特に《引っ掻き》や《噛みつき》は近接戦闘スキルだから、戦えても不思議ではない。不思議ではないが……

今までツナデはほとんど近接戦闘をしてこなかった。ほぼ魔法攻撃だったので、こんなふうに戦ったのを見たことがなかったんだ。

ロングテイルマンキー三体とルーナは激しく位置を変え、ナイフと爪を交わらせつつ飛んだり跳ねたりと、アクロバティックな模擬戦を見せている。

「……なんとも、本当に六歳か？　実は小人族……小人族は魔法特化だから、この戦いっぷりはないな。それに耳も尻尾もあるから獣族で間違いないか」

セッテータギルドマスターが眉間にシワを寄せつつ、ルーナと《分体》の戦闘を見ながら呟く。

「多分、種族レベルが上がったからではないか？　オークの上位種やレッサーワイバーンを倒したなら、かなり上がっていそうだ」

こちらは大変楽しそうに感想を述べるレガートギルドマスター。間違いない、彼は脳筋タイプだ。

二人が若干会話の方に意識を持っていってるような感じがしたが、セッテータギルドマスターの方がはっと我に帰り「そこまで！」と終了を告げた。

『終わりでええんか』

「ああ、ありがとう、ツナデ」

俺がツナデの頭を撫でると、三体のロングテイルマンキーがしゅぽぽぽんっと消えた。

「あー、ごほん。近接戦闘能力も十分というか、十二分にあるようだ。俺は七級でも低いと思うが」

レガートギルドマスターの言葉に、セッテータギルドマスターは少し考え込む。

「実力は問題ないが、他の街や国の冒険者ギルドで問題にならないか？」

二人が話しているのを見ていると、ルーナが俺の横に戻ってきた。

「お疲れ」

あんまり汗はかいてなさそうだけど《アイテムボックス》から濡れタオルを出して渡してやると、ルーナは受け取り顔を拭く。

試験前に預かってい浣熊リュックを返すと、中からオラージュ水を取り出して飲みながら、ツナデと模擬戦の感想を言い合っている。

「ツナデ、面白かったからまたやろう」

『ええで、次はジライヤの《影分身》も交ぜたらおもろいんとちゃう？』

俺もやってみようかな。ツナデの《分体》は今は三体が最大か。

ん、二人の話が終わったか。

「協議の結果、七級ということになった。今回は、ヴァレンシ共和連合の冒険者ギルドマスター二人が承認した」

セッテータギルドマスターがルーナの頭を撫でつつ、結果を告げる。

「他国の冒険者ギルドでも、低年齢者の昇級に関しては、街以上のギルドマスターの判断に任されている。本来の実力はもっと上になるだろうが、あまり上げすぎても他国では不要な軋轢を生むだろう。ここに留まって活動するというなら上げてやるがな」

当分昇級は諦めろと、レガートギルドマスターに言われた。

実際のところ、ポーターでもなんら問題は起きていない。いないんだが、せっかく昇級してくれるというのでありがたく受けよう。七級までは数さえこなせば誰でもなれるのだ。

そうしてルーナは七級冒険者、俺は四級冒険者ということで、それぞれ新しいギルドカードを渡された。

ルーナのカードの賞罰のところに【ルーン、ローエン両冒険者ギルドマスターが七級承認】となっていた。

それと、今日の午前中にオークションが終わっていた。だから、レガートギルドマスターがここにいたのだが。代金は明日ということで、ローエンでの素材の売却金も一緒に受け取れるようにしてくれるとのこと。明日以降に冒険者ギルドに顔を出すことで話がついた。

紹介状ももらえたので、あとは許可証を貰いに役所に行かないといけない。

またも、冒険者ギルドで思ったより時間を取られてしまった。

役所は冒険者ギルドから少し離れていたが、許可証発行だけが仕事ではないので、それなりに待つことになった。

「通行許可証の発行は二日かかります。二日後以降に取りにお越しください」

即時発行じゃないのか。二日だったら早い方かな。

通行許可証がパスポートだって考えたら早い方かもしれない。日本のパスポートは申請から受け取りまで二週間くらいかかったって、親父に聞いた覚えがある。

「受け取りは明後日か。明日一日ゆっくりするかな」

どうせ鞍の受け取りも明後日だ。

チャチャと一緒にまだ行ってない市場を覗くのもいいか。何か新しい食材で日本の料理に近いものを作って、チャチャにレシピを教えてもいいし。

『なんや、また買いもん行こおもてるんか』

「時間があるし、チャチャだって行きたがるだろ？」

「鞍はいいの？」

「それもあわせてだな。とりあえず箱車のところに戻ろう。オロチマルが拗ねてるかも」

やはり置いてけぼり時間が長かったため、オロチマルは拗ねモードに入っていた。

オロチマルのご機嫌とりをしていたら、ジライヤもひっついてきた。

いつまでも冒険者ギルドの駐車スペースを占領してるわけにもいかないので、宿に行くことにした。

今回は南門から東に行ったところにある商人御用達のちょっとお安めの宿にする。

車庫を借りたら、箱車をキッチンカーと交換し、ティータイムだ。

オロチマルも乗れるようにキッチンカーを広げてみた。だが全員となると、窮屈感は否めない。雨でもないのだから、全員外で食べるか。

やっぱりタープを取りつけて、壁面展開させてウッドデッキ風になるようにした方がいいかな。今で元の一・五倍の大きさだが、広げすぎても駐車スペース的に無理な場所もあるだろう。

「またなんか、考えはじめよったで」

「うん、何かおかしなもの作るかも」

「確かにリュックに、魔道具？　ちゅうんか。あれば便利やけど」

『フブキ、楽しそう』

「すぴー、すぴー」

「皆ちゃま、お茶のおかわりいかがでちゅか」

そんな感じでしばしまったり過ごした。

七刻の鐘が鳴り響いた頃、みんなで出かけることにした。

ルーンをぶらつきつつ、ついでに約束の日には早いが、鞍の出来具合を確かめに、獣具の工房へ行く。

「いらっしゃい。あ、ワイバーンの兄さん！　ちょうどよかった」

工房に行った途端、この前俺たちの注文を受けてくれた鼬獣族の男、確か名をホーエンと言ったか——彼が声をかけてきた。

仮留め中だが、装着に問題がないか試してほしいと言われた。

そもそもが他種用の装具なので、できるなら一度装着して細部を確認したかったんだそうな。

職人だな。店の裏で作りかけの鞍を装着する。

「どうだ？　オロチマル」

ホーエンさんの指示する通りに、脚を上げてみたり翼を動かしてみたりする。当たるところがないか、動きや飛行に問題がないか、飛んだり跳ねたりしてみて感触を見る。

『だいじょぶだよ～。かるいかるい～』

まだ肝心の鞍というか、人が座る座席部分が取りつけられていないからな。

「うーん。二人用ってことですが、兄さんくらいなら二人用にできそうですね。人族は大型獣族より身体が小さいですから」

大型獣族というのは、河馬や熊獣族のことかな。ローエンの門に立っていた兵士の人も大きかったからな。

ギルドマスターの獅子獣族や虎獣族も身長二メートルあって大きかったけど、それよりも高いし、何より幅と厚みがあったよな。

俺とルーナ二人合わせても、まだ熊や河馬獣族の兵士の方が厚みがあると思う。乗る人間に合わせた座席が必要だよな。

ホーエンさんは俺とルーナ、オロチマルを見比べてそう言った。

そんなわけで、オロチマル用は無事二人乗りになった。

ジライヤの方はもともと二人乗りだったが、オロチマルよりスペースが取れるので、三人用にすることもできるそうだ。俺、ルーナ、ツナデを見てそう提案する。

うーん、どうだろ？　必要かな。ツナデはほぼ俺におんぶされてくっついてるけど。いや、今後もツナデが大きくなる可能性が……って、その前にジライヤの方が大きくなるか。

悩んでいると、座面の形をオロチマルのように一人ずつ単体にせずに作ることもできると言われた。

どういうこと？　と疑問符を浮かべていると、ホーエンさんは地面に爪で絵を描き出した。

「こちらのワイバーン用は、それぞれの座席は臀部（でんぶ）を包むように――」

早い話がオロチマル用は背もたれというか背中まではないから腰もたれ？　が二人分、真ん中と後ろについているタイプなのだ。言ってみれば、自転車の子供乗せが二つつながってる感じが近い。で、ジライヤの方はフラットシート、大型スクーターの座席みたいな感じで、お尻の位置はわりと自由。座ろうと思えば三人座れる。ただし背もたれなしである。

その案でいこう。というわけで、みんなで作りかけの鞍の座面に座って幅を確認したり、鐙（あぶみ）の位置を調節したりやっていると、それなりに時間がかかった。

だが、これで遅くとも明日の夕方か明後日の朝にはでき上がるとのことだった。

今日顔を出して正解だったな。

適当な工房ならここまで細かく合わせてくれないかもしれない。よい工房に当たったようだ。他見てないので知らんけど。

「お待たせ。じゃあ商店街を覗(のぞ)いたら宿に戻るか」

こんな時間じゃ露店はほとんどない。店を構えている商店ばかりだ。

野菜とかは明日の朝だな。穀物系ならいいだろう。ここでも米、できれば長粒種じゃなくて短粒種が欲しいところだ。

チャチャと一緒に何種類かの小麦と、ウォンタ米とはちょっと違うが、やはり長粒種のお米を見つけて購入した。

それと香辛料とか調味料も。この米と香辛料はメトディルカ帝国から入ってくるのだそうだ。

一見生姜(しょうが)かと思ったがどうもウコンっぽい。

あー、カレーが食いたい。あの色々ある調味料と混ぜたらカレーっぽいものできないかな。

神様にもらった調味料の中に、さすがにカレールーはなかったのだ。

メトディルカ帝国といえば、魔族の国だったな。ヴァレンシ共和連合の一番南にあるガッツェ領は国境を接しているので取引があるんだとか。陸路だけじゃなく船を使ってヴァンカとも取引していたらしい。ヴァンカの街は素通りだったから見てないな。

やはり運賃上乗せなので、ガッツェで買うより割高だそうだ。

途中古着屋を見つけたので、ルーナの服を買うことにした。少し成長したからパツパツ気味なのだ。錬金術で加工してもいいんだけどね。

俺も買おうかと思ったのだが、下のはほぼ全てが尻に穴が開いている獣族仕様だったので上だけにした。

ルーナは今着ているのと似たような感じのチュニックとシャツを二枚、下着を二枚、スパッツは問題なく穿けるのでズボンを購入した。

今までのものはここで売却することに。つっても、コピーでいくらでも出せるけどね。

それと、今の季節は秋でこれから冬に向かって気温が下がるそうだが、このあたりは雪が降るほど冷えることはないそうだ。中央山脈とか断絶の山脈の上の方はしっかり積もるみたいだがな。

俺は革鎧の下に着られそうな裏起毛のシャツと、雪音が履いていたムートンブーツみたいなのが売っていたので購入した。獣族って自前の毛皮とか……そういやなかったわ。耳と尻尾以外獣要素ないな。時々獣要素の多いタイプも見かけるけど。ララさんがそうだったな。レガートギルドマスターも、腕は手の甲まで毛むくじゃらだったから、そっちっぽい。

季節とか気候とかあんまり考えてなかったけど、そうか。冬が来るのか。すると、季節的にはラシアナ大陸は日本と似ているのかな。

こっちに飛ばされてきたのが二学期が始まったばかりだった。

日本で俺たちのことってどうなってるんだろう？

行方不明？　神隠し的な？　それとも、ラノベなんかでありそうな『存在自体なかったことにされる』みたいな？

今考えても仕方ない。きっと〝神様〟が……いや、あんまり都合よく考えちゃダメだ。

「フブキ、行くよ？」

「ああ、ごめんごめん」

考え込む俺を、ルーナが呼んだ。

夕食はキッチンカーでチャチャが作って待っている。今日のメニューは何だろう。

◇　◇　◇

翌日、朝からチャチャと朝市を回った。

街の周辺の農村から朝どれの野菜などが持ち込まれて並んでいた。

残念なことに米はなかったが、色々な野菜が手に入った。白菜や玉葱（たまねぎ）に似た野菜はすでにあったが、エバーナとはまた少し違う野菜もあった。

じゃがいもでも男爵やメークイン、キタアカリやインカのめざめがあるようなもんだろう。

その後は冒険者ギルドへ行く。今日一日空くので、依頼でも受けようかと思った。

「四級になるとあんまり依頼がないなあ」

五級になったとき、九級以下の依頼が受けられなくなった。四級では五級のときのように規則化されていないが、七級以下はあまり受けない方がいいし、受けてもカウントされないと言われた。

ギルドカードが金色っていうのは、ベテラン冒険者になるそうだ。十、九級が見習い。八、七級が初心者。六、五級が中堅。四、三級がベテラン。二級が一流、一級が超一流で英雄って格付けになるようだ。

そういうことなら、ギリ四級はまだ一般人範囲だな。無理せず失敗なく依頼をこなせばなれないことはない級だ。

しかし、四級依頼って日数のかかりそうなものばかりだ。護衛や危険地帯の高ランク魔物の討伐や素材の納品とか。

魔物の素材って簡単そうに思うけど、討伐依頼と違ってどこにいるかって探すところから始めないといけない。

生息地がわかっていても、そこに必ずいるとは限らないし。

例えばこのレッサーワイバーンの皮の納品依頼だが、今の俺ならすぐ達成できるが、これがワイバーンの巣殲滅前だったら、生息地とか巣を探すところから始めることになる。

それに素材を得るのだって大変だ。単に倒せばいいというものではなく、欲しい素材によって倒し方も考えなければならない。

皮がいるのに滅多斬りとかにしたら素材が手に入らないもんな。

ま、レッサーワイバーンの素材を持っていても受けないけどね。

ルーナたちは外で戦闘をしたいのであって、すぐに終わっちゃう依頼は意味がない。

「こっちはどう？　火蜥蜴の皮の納品だって」

ヴァレンシ共和連合の南、シッテニミ国とメトディルカ帝国との間にあるオレイン山に生息するサラマンドラの素材納品依頼だ。

オレイン山は火山らしい。スクの町からだとそんなに遠くないかな。

どうするか。この依頼だと場合によっては二日がかりになりそうな。

鞍は早くて今日の夕方とは言ってたが、余裕を見て明日受け取りに行くつもりでいる。通行許可証の方も明日になる。どっちも明日受け取れるので、受け取り後にゼテルへ移動するつもりだ。二日がかりの依頼だと、出発を一日延ばすことになる。

「うん、やめておこう」

「じゃあこっちは」

ルーナが指したのは南のレンセン領にある、リノレン山に生息するヒュードラスネークの皮納品だ。こっちならそんなに遠くないしいいか。

俺たちは手続きをして、ルーンの南門からリノレン山に向かうことにした。

『そっち行ったで、オロチマル』

『だいじょぶ～、いっくよ～』

ヒュードラスネークはスネークという名前のくせに脚があった。

ツナデのアースウォールによって前を塞がれたヒュードラスネークは、ドタドタと進行方向を変えて走る。

その先にはオロチマルが待ち構えていた。

「ぴやあぁぁぁ……」

あ、それ効かないぞ、オロチマル。

ヒュードラスネークはヒュドラの下位種のようで、複数ある頭から色々なブレスを吐く。

火や水などの属性ブレスを吐く頭と、毒や麻痺の状態異常ブレスを吐く頭。一つの頭は一種類のブレスしか吐かないが、結構バラエティに富んだブレスを持っている。

そして状態異常ブレスを持っていたオロチマルが状態異常耐性を持っていたように、ヒュードラスネークも状態異常耐性を持っていた。

スキルレベルの差か種族レベルの差か。オロチマルの麻痺ブレスは一応効いているのだが、効果は一秒あるかないかだった。

だがその一秒に満たない時間が、ヒュードラスネークの命取りになった。

わずか一秒、その隙にルーナがヒュードラスネークの懐に飛び込んでいく。どうも《瞬脚》がレベルアップして、《縮地》に迫る速度で移動している。

ずばんとヒュードラスネークの首を一つ斬り落とし、すぐにその場を離脱する。もう一つの首がルーナに噛(か)みつこうとしたが、ガチンと歯を鳴らし、空振りに終わる。

ルーナに向かって首を伸ばしたところに、すかさずオロチマルが突っ込む。風魔法で自分の翼に不可視の刃を纏(まと)い《強襲》の勢いをのせて首を切り飛ばした。

首は結構太く直径三十センチを超える。複数あるそれを同時に切り落とさなければ、クラーケンの脚よろしく復活するのである。《再生》スキル侮(あなど)りがたし！

今ルーナたちが相手をしているのは三本首なので、残り一本を早く切り落とさなければ、せっかく切り落とした二本が復活する。

三本目の頭がオロチマルを追いかけるように首を巡らせたとき、その後ろにツナデが現れた。《空間跳躍(ちょうやく)》で移動したツナデの両手には、丸鋸(まるのこ)の刃のように回転する水の円盤。それを無造作に投げるような仕草をすると、回転速度を上げ、ギュインとヒュードラスネークの首をすり抜けた。

ヒュードラスネークの頭がそのまままずれ落ち、最後の一本もきれいに切り落とされ、蛇と言いながらずんぐりした身体が横倒しになり、ビクビクと痙攣(けいれん)する。

『やったあ』

「よっしゃ」

オロチマルが万歳とばかりに両手（翼）を上げ、ツナデがグッと拳を握る。

『まだだ』

喜ぶツナデたちの横から、ジライヤが《爪刺》でヒュードラスネークの首の付け根を突き刺した。

『レベルが上がりました。ジライヤのレベルが上がりました。ツナデのレベルが上がりました。オロチマルのレベルが上がりました。ルーナのレベルが上がりました』

実は、ヒュードラスネークの脳は首の付け根にある。首を全部切り落としたことで、いずれ出血で死ぬかもしれないが、首を切り落としただけでは倒せていないのだ。心臓を狙えば早いのだが、依頼が皮なので、胸のど真ん中を刺してしまうと価値が下がってしまうのだ。

そんなの《錬金術》で直せばいいだろうと思うだろうが、俺なしで依頼をこなすことがあるかもと考えて、今回は素材をきれいに取れるよう倒すという、いわば縛りをつけた。

『にーに、ごめーん』

「あー、ちょっと油断したわ」

反省するオロチマルとツナデをよそに、ルーナは一人ヒュードラスネークの頭を見ている。

「うーん、二本は斬れたかも、あそこでちょっと身体を捻ったら二本は行けたはず」

と、自分の戦闘を振り返っていた。

ルーナはちょっと不満げだ。俺？　俺とジライヤは今回は見張りという名の見学をしている。

すでに先に二匹倒していて、今ので倒したヒュードラスネークは三匹目。内訳は俺とジライヤで二本首一匹、ルーナたちで二本首一匹と今の三本首一匹だった。

最初は首が再生することに気がつかず、落とした首の数は合計十本。

依頼は身体の部分の皮なので、首は……あー。再生したての首の皮は柔らかいので、別途依頼が出ていたと？　そうですか。まあ首を根本からきれいに切断すれば一メートル以上あるからな。

倒さず首を再生させながら狩るのはそこそこテクニックが必要なので、本体の皮より級が一つ上なのだとか。

俺は適当にしか依頼票を見てなかったが、ルーナはちゃんとチェックしていたようだ。

最近はツナデが文字を覚えたようで、ツナデも依頼票を読めるようになった。

ハヌマーンに進化して《言語理解》のレベルが5に上がった効果のようだ。ジライヤはレベル4だったよな。このあたりは、ハヌマーンとマーニ＝ハティの種族能力値が関係しているとのナビゲーター情報である。

字が読めなくとも、ジライヤとオロチマルはギルドハウスの中には入らないので問題ない。入れても、オロチマルには無理だと思うけどな。

「あそこ、一匹いるよ！」

「行くで、オロチマル」

『ボク、やっちゃうよ～』

俺はジライヤの首周りを掻きながら、突っ込んでいくルーナたちの後姿を目で追いつつ、気配察知であたりを探る。

合計四匹のヒュードラスネークを倒し、全員で解体する。といっても、ジライヤとオロチマルは周辺の警戒だ。ジライヤが《威圧》すると滅多なモンスターは近づいてこないけど、狩りの最中はそれだと困るので抑えてもらっている。

ヒュードラスネークは、血も素材として有用なんだそうな。

空の水袋を〈複製〉して血抜きしつつ溜めてみた。漏斗がないので〈ストーンクリエイト〉で作ろうかと思ったら、ツナデが《水魔法》で〈流体操作〉しながら器用に袋詰めしてる。

ツナデって前から魔法の使い方が器用だよな。勉強になる。

皮と血以外は納品素材として取れるところがない。残念だがヒュードラスネークの肉は食用には向かないようだ。

オロチマルが解体中のヒュードラスネークをつまみ食いして、ツナデに叱られている。

『ぺっぺっ、これ美味しくな～い！』

「勝手に食うさかいや」

肉に状態異常毒性があるようだ。下処理することで無効化することもできるようだが、そこまでして食べようとは思わない。今は市場で買い物したりして食材の種類は豊富だからな。

それにしても、《状態異常耐性》のあるオロチマルだから〝美味しくない〟で済むが、普通は状態異常になるからな。

つまみ食いなどはしないようにさせないと。なんでも口にしちゃいけません。

依頼の数は十分確保できたので昼休憩を取ることにした。

少し離れたところに、ある程度開けた場所があったからログハウスを出しておいた。四方を《木魔法》で生やした生垣(いけがき)で囲み結界石をセットしてあるので、人もモンスターも避けていく。

「お帰りなちゃいまちぇ。成果のほどはいかがでちたか？」

「ただいま、チャチャ。依頼分は確保できたよ」

「たりない、ぜんぜんたりないよ」

「ほんまや、たらんなあ」

ルーナとツナデの言い分が俺と真逆なので、チャチャが首をかしげる。

二人の意味は〝戦いたりない〟という意味だ。

最初の一匹以降、俺とジライヤは不参加だったのだが、それでも不十分なようだ。

昼食後ルーンに戻ろうと思ったが、もう少しモンスター狩りをするか。

「皆ちゃま、手を洗ってきてくだちゃいまちぇ。おちょくじの準備はできてまちゅ」

ジライヤとオロチマル用に倉庫の方に足拭(ふ)き(ぬれタオルと乾いたタオルをならべるだけ)をセットしてやると、自分たちで拭(ふ)いてから入ってくる。

食後にチャチャの淹(い)れてくれた緑茶もどきを飲みながら一服……も終わり、ウズウズしている面々に声をかける。

「じゃあ午後も狩りをするか？　このあたりにどんなモンスターがいるのかわからないが、できれば素材が売れそうなやつがいいけど」

『なら、オレが探してくる』

『ボクも、ボクも空から探すの』

探索能力はジライヤがピカイチだ。それに、オロチマルの空からっていうのは森では不向きだ。

このリノレン山は森というか木がいっぱいの山だ。オレイン山は火山らしく岩山っぽい。向こうなら森林限界が割と低めなので、空から偵察も可能だったんだがな。

「まあいいか。じゃあジライヤとルーナ、オロチマルとツナデがペアでモンスター探しな。先に見つけた方に〝ゲート〟を繋いで移動するから」

俺がマップで探してもいいのだが、オロチマルの探索の訓練も兼ねてやらせてみることにする。

「それじゃあ、よーい、どん！」

ログハウスの前で合図をするが誰も出発せず、俺の方をキョトンとした顔で見る。

「何？　よーいどんって？」

「なんとなくやけど、〝はじめ〟ってことかいな？」

あれ？　異世界言語理解が仕事を放棄した？

『イエス、マスター。ニュアンスはなんとなく通じていますが、〝よーいどん〟に相当する言語がなかったようです』

言われてみれば〝よーい〟は〝用意〟だと思うが〝どん〟はどういう意味だろう？　ピストルの音を表した擬音語か？

そもそもこの世界にピストルというか銃とか大砲とかあるのか？　火薬は？

『イエス、マスター。火薬は存在するようですが、魔法の方が手軽で扱いも楽なため普及していないようです』

あ、一応あるんだ。

『フブキ、探しに行っていいのか？』

『まま、行っていいの？』

「あ、ごめんごめん。それじゃあ探索ハジメ！」

今度はちゃんと通じて、ジライヤはルーナを背に、オロチマルはツナデを背に乗せて飛び出していった。

「いってらっちゃいまちぇ～」

さて、俺はヒュードラスネークを納品しやすいように袋詰めするか。ついでに《アイテムボックス》の整理だな。レベルアップで収納個数が増えたから、ちょっと適当に放り込んでるんだ。

探索勝負は当然というか、ジライヤの勝ちだった。

森という高木の多い場所で、空からの探索はなあ。オロチマルが不利なのは最初からわかっていた。

念話でルーナから知らせが来た時点で、《マップ》から〈空間記憶〉して〈空間接続〉。ジライヤと合流したのち、《眷属召喚》でツナデとオロチマルを呼び寄せる。これもある意味転移魔法か。ゲートがあるから《転移魔法》のレベル上げやってない。いざっていうときにレベル不足ってハメに何度も陥ってるから、〈アポート〉を連発しとこう。

そして、ジライヤのところに移動する。

そこにいたのは、シールドタートルという亀系モンスターだった。

甲羅が硬く、頭と手足を引っ込められると物理攻撃も魔法攻撃も効かないという防御力のすごい奴。

それでも、うちのオトモズの敵ではなかったが。

ツナデが土魔法で、シールドタートルの下の地面から〈石棘〉をはやし、ひっくり返した。

腹甲部は背甲部ほど硬くないので、攻撃が通るのだ。

ひっくり返され慌てるシールドタートルの首や手足を全員で切り落とし、あっという間に終了した。

いやあ、ひっくり返してからは早い早い。

最初の一匹目は攻撃が効かなくててこずったが、ひっくり返してからは呆気なく終わってしまい、またもやった感不足になった。

このシールドタートルは甲羅だけで大盾サイズもあり、かなりな重さなんだ。種族レベル20くらいの冒険者だとひっくり返すのって大変らしい。硬くて、モンスターランク・Cだし。

ウチはメンバー全員チートっぽいから。

このシールドタートルのシールドとブレードディアのブレードは、どっちが強いのかな？

『イエス、マスター。どちらも魔力を通すことで性能が上昇します。そのものの性能より、使用者の魔力によります』

へえ、じゃあこれを盾に加工してもらえば……って、俺《盾術》持ってたけど、ミスルの街の冒険者ギルドで講習受けた後、一度も盾装備してない。

そもそも盾を持ってないからな。

「これを盾に加工してもらおうとしたら、また日にちかかるよな。一つだけ保存して後は売るか」

合計三匹倒したので一番大きなやつを《アイテムボックス》に保管して後は売っぱらうことにしよう。

そしてシールドタートル三匹で全員のレベルが上がった。

スキル《取得経験値補正ＬＶ３》は通常の七倍になる。一匹倒して七匹分の経験値。もはやぼったくり以外のなにものでもない。

「さあ、そろそろ帰るぞ」

「ええ、次のを探そうよ」

『まま、ボクもっとやれるの』

「もうちょっと、やってもええねんで」

『……もう少し』

などと、全員やりたりないようだ。あんまり遅くなるのもなあ。

「じゃあ帰り道に何かいたらだぞ」

「わかった、ジライヤ行くよ」

『乗れ、ルーナ』

「オロチマル、今度は負けてられへんで」

『うん、ねーね、がんばる』

許可した途端、二組に分かれて飛び去っていった。


今度はオロチマルとツナデの方が先に見つけたようだ。二合目あたりに湧き水が滝になって流れ落ちている場所があり、そこに水を飲みに来たのだろう山羊がいた。

その名もトライデントジャイアントゴート。角の先が三叉槍のようになっている。鹿じゃなくて山羊なんだ。ぱっと見、鹿かなっと思ったよ。鑑定したら山羊だった。山羊の目ってなんか怖いよね。

しかもでかい。マーニ＝ハティのジライヤが牛よりでかいんだが、それよりも大きい。象ほどあるが、トライデントジャイアントゴートは、ジャイアントと名がつくくらいだからな。

角で突き上げられたり、蹄で踏み潰されそうになったり、後ろ足で蹴られそうになったりと、そこそこてこずった。

　角がピカーッて光ったと思ったらいなくなっていて、背後に回られていたりもした。

　皮がいい素材なので、オロチマルの属性ブレス禁止。あとすぐに戦闘が終わるのもあれなんで、状態異常攻撃禁止という縛りありの戦闘とした。トドメはオロチマルの回し蹴りならぬ、回し尾攻撃を喰らって脳震盪を起こしたところに、ジライヤが喉に噛みつき《噛砕》によって頭部が胴体とサヨナラして終わった。

『ツナデのレベルが上がりました』

　俺は山羊肉を食べた記憶はないが、一応トライデントジャイアントゴートの肉は食べられるらしい。色々下処理は必要だろうが、チャチャが「おまかちぇくだちゃい！」と胸を張るので任せることにした。

　そしてなんと！　魔石が虹色というか、オパールのような不思議な色。まさかの光属性の魔石だった。

　モンスターランク・Cだったが、ワイバーンより手強かったぞ。

　出したままのログハウスを回収しようと思ったが、チャチャが山羊肉の下ごしらえをしたいとのことで、このままここで一泊することになった。結局日を跨いでの依頼になったな。

「明日ルーンに戻ったら冒険者ギルドで依頼達成の手続きをして、役所で通行許可証の受け取りをして、宿に預けたままの箱車を回収して、工房でオロチマルとジライヤの鞍を受け取ってゼテルに移動だな。ルーナは冒険者ギルドに一緒に行くとして、ツナデはここに残ってもいいぞ？」

　明日することを指折り数えていく。ログハウスを出したまま、用事を終えたらここで昼食を取ってから、ゼテルにゲートを繋いで移動する予定を立てた。

「ウチだけ留守番なん？　一緒に行くで」

　じゃあ、みんなで行くか。

「家主ちゃま、お風呂ご用意できてまちゅ。よいでちゅね、あの魔道具」

　お風呂に給水の魔道具と湯沸かしの魔道具を設置したのだ。給水の魔道具はトイレとキッチンにもつけた。

　チャチャは最初は自分の仕事が減るように感じていたみたいだが、「こういうところでＳＰを節約できたら、他のことに回せるので、仕事の幅が広がるよ」と、説得してみた。

　気に入ってくれたみたいで、よかったよかった。

「では、ご昼ちょくをお作りしてお帰りお待ちちてまちゅ」

　チャチャに見送られてログハウスを出る。

領都ルーンの北側の〈空間記憶〉とゲートを繋ぐ。接続一箇所の限定が外れて本当楽になった。

今のスキルレベル8の《マップ》でスクロールできる範囲は四方百キロメートルあるけど、《サーチ》の範囲は半径五キロメートル。ゲートの向こう側は《サーチ》はできないため、そこに人やモンスターがいるかどうかわからない。

仲間は離れても表示されるのは、パスの効果だ。オークの巣やワイバーンの巣のときはジライヤが先行して周りを確認をしてくれたから、心配せずに《マップ》から〈空間記憶〉したけど。

どんなところかわからない場所にゲートを繋げて誰かに見られたりするのは避けたいから、一度記憶したことのある場所しか《マップ》から〈空間記憶〉をしてない。

一応人間がいなそうな場所にしてるけど、冒険者だったら山でも森でも入っていくはず。今まで遭遇(そうぐう)してないのは幸運とも言える。モンスターなら、遭遇(そうぐう)してもみんな嬉々として速攻で倒してくれるだろうけどな。

いずれも街から離れた場所に記憶しているから、ちょっと移動する必要がある。

納品素材を箱車に積み込もうとしたけど、箱車は宿に預けたまんまだった。日帰り予定だったし。量的に大八車に積めなくはないか。とりあえず大八車に素材を積んでルーンに戻ろう。ログハウスの倉庫でなく《アイテムボックス》に収納しててよかった。〈複製(デュプリケイト)〉ばっかりしてると増えすぎるから。

朝早くて門前はそれなりに並んでいたが、初めてきたときより流れはスムーズだ。あれはオークションのせいだったみたいだな。

さて、最初は冒険者ギルドかな。

ヒュードラスネークの納品分と、シールドタートルの売却分、トライデントジャイアントゴートの素材（めぼしい部位はコピー済み）をそれぞれ麻袋に詰めてあるが、結構大八車いっぱいいっぱいだ。

三刻前なので、冒険者ギルドはそこそこ混雑している。だが横の搬入口は空いていた。

車を横付けできるところに回って、そこで納品と売却素材の査定をしてもらうことにした。

「あ、あんたがフブキか。来たらギルドマスターのところに案内するように言われてるんだ。おーい、メリッサ」

狐獣族の職員が俺のギルドカードを見るなり、そう言いつつ奥の女性職員を呼んだ。

「ギルドマスターの用事が済んだら、中の受付に声をかけてくれ。査定を済ませておくから」

狐獣族の職員は依頼票を受け取り、手をしっしとばかりに振る。

ジライヤとオロチマルにはしばらく待っててもらうように説明してから、ルーナとツナデの三人でメリッサと呼ばれた羊獣族（ひつじじゅうぞく）の女性職員に連れられ移動する。昨日も訪れたギルドマスターの部屋に案内された。

「おお、きたか。待っておったぞ」

部屋にいたのはセッテータギルドマスターだけだった。

俺が部屋を見回していたことで、セッテータギルドマスターが察したのか話してくれた。

「レガートは私に後を託してローエンに戻ったぞ。ギルドマスターたるもの、予定外に長期に自分の街を留守にするわけにいかんからな」

俺と会ってなかったら、あのとき帰る予定だったそうだ。俺たちに付き合って時間とったりしたから、帰るのを一日延ばすことになったらしい。いや俺らのせいじゃないし。

ソファーに座るように言われ、俺を真ん中にルーナとツナデも腰かける。

セッテータギルドマスターが、テーブルの上に二つの巾着袋を置いた。

「さて、こちらがオークションと素材の売却金だ。もう一つはオークの巣殲滅の依頼金になる。先ほどレガートから確認に向かった冒険者が戻ってきたとの報告があった」

支払いの用意は、連絡前からされていたようだ。

俺は巾着を一つ取り、中を確認するため、テーブルの上に中身を出した。

ジャリンッと音を立てて出てきたのは丸い貨幣ではなく、板状のものだった。

「なにこれ？」

「さあ？」

ルーナも見たことがないのか、俺と同じように一つ手に取り眺める。

片面に刻印のようなものが入っていて、テレビコマーシャルで見た〝純金積立〟の金地金に似ている。

「普通の依頼で支払いに使われることはないからな。これは、冒険者ギルドが発行しているギルド貨だ。フブキはこれからロモンからさらに東を目指すのだろう？　ヴァレンシやロモン、シッテニミ、メトディルカでは、大陸西方共通通貨のオルを使用しているが、東に行くと別の通貨だから、移動の度に持ち金を両替するのは手間だろう」

そう言いながら、セッテータギルドマスターはギルド貨を一つ手に取った。

副船長のデロースさんが船賃を返金してくれたとき「オルはラシアナ大陸の共通通貨」と言っていたが、使われているのは西側諸国だけか。フェスカ神聖王国は自国のみの通貨を使っているようだ。

「ギルド貨は、ラシアナ大陸の冒険者ギルドであればどこのギルド……と言っても、街以上の大きなギルドに限るが、その土地の貨幣と交換してくれる。行った先の国で必要な分だけ交換すればいい。オルだとこれ一枚が二十万に相当する」

ずっしりと重みのあるゴールドバーを俺の手に載せた。そしていくつかある刻印を指差す。

「これが冒険者ギルドの印、こちらが発行国、これはシッテニミで発行されたもので、最後が通し番号だ」

これは使用記録が残されるため、情報が共有されている。

「今までは一、二級のトップクラス冒険者か、国や領主とのやりとりでしか使ったことがなかったのう。四級相手に渡すのは初めてじゃ」

キセルをとり紫煙を燻（くゆ）らせながら、俺たちを順に眺めていくセッテータギルドマスター。

「ちなみに商業ギルド発行のギルド貨もあるが、それは商業ギルドでしか扱われないし、冒険者ギルドのものは冒険者ギルドでしか使えないからな」

金貨の上に白金貨というのがあるが、あれはお貴族様専用で、平民以下は使用しないものだそうな。

ちなみにオル以外の通貨に交換するとその国々で多少金額が変わる。それと、フェスカには現在冒険者ギルドがないため交換できない。金の価値で扱われるが、かなり買い叩かれるのでよっぽどのことがない限り、フェスカでの使用はやめておけと言われた。

フェスカ神聖王国に行く気はないが、何があるかわからんからな。

ちなみに、ワイバーンの卵とオークキングの睾丸で二百六十万オルほどになったそうだ。俺の取り分が七割だったので百八十二万オル、ギルド貨九枚と二万オルで貰った。

オークの巣殲滅は二十万オルでギルド貨一枚、ローエンで売った素材代金が十万二千二百、合計二百万オルを超えたけど、これって日本円に換算すると二千万円超えってこと？　なんだか価値観が狂いそうだよ。今日の納品分まだ査定中なんだけど。

本来ならいくつものパーティーで共同で受ける依頼なのに、俺たちだけだから総取りなのか。

個別討伐金も貰っているので結構な額だ。

「これでも街や村の近くではなかったので、多少金額は低めだ」

そうなんだ。

「なんでも、今日は貴重なシールドタートルやトライデントジャイアントゴートの素材を売ってもらったそうだな。確か、シールドタートルの甲羅は依頼が出ていたはずだ。それと、相談なのだが……」

言いにくそうに、セッテータギルドマスターが間を空ける。

「そのだな、トライデントジャイアントゴートの魔石は売りに出さないのか？　あれは十一等級なのだが……珍しい光属性の魔石でな。十一等級は二千オルなのだが、ちょうど依頼が出ていてな……」

俺はマジックバッグに加工したショルダーバッグに手を突っ込んで、トライデントジャイアントゴートの魔石を〈複製〉(デュプリケイト)する。夕べランプの魔道具を作ろうと《コピー》したのだ。まあ、魔石の等級がいいせいで、ログハウスくらいの広さじゃ明るすぎて使えなかったけど。建物をライトアップするサーチライト並みの光量だった。属性との相性って重要だよね。

そして、テーブルの上にごとりと置く。

「今なら一万オルでって、いいのか」

「魔石は纏(まと)めて売る癖(くせ)がついていてて、出し忘れただけなんで」

「そうか、すまぬな。領主にせっつかれていたのだ。感謝する」

というわけで、ヒュードラスネークのやわ皮分も依頼扱いになって、達成依頼は一級一件、三級一件、四級三件、全て優で処理された。普通の首皮は素材として売却だ。

素材代と依頼金は下の受付で受け取ることになり、俺はギルドマスターの部屋を後にする。

シールドタートルの甲羅は依頼品だったけど、トライデントジャイアントゴートの角は依頼品じゃなかったので、受付職員に武器に加工しないのか尋ねられた。これも武器に加工できるのだが、魔力を通すと光るので、武器兼非常時の明かりとして需要があるそうな。

角でランプ作れるかも。すでにコピー済みだから売るよ。

しかし、この世界って素材が武器にも防具にもなるモンスターって結構いるのかな？

俺の愛用のブレードディアといい、今回のといい。

もしかしてハンマービートルの角もハンマーとして使えたのか？　あのときゴタゴタしていたからコピーしなかったんだ。

俺はハンマーは使わないけど、他に需要があったかも。


「次は許可証もらいにいくぞ」

冒険者ギルドで移動手続きを済ませ、役所に許可証を貰いに行った。

特になにも起こらず、すんなり終わって少し拍子抜けだ。このところ、行くとこ行くとこ予定より時間がかかってたからな。

これで鞍ができ上がっていれば、明日には国境を越え……

「あ、従魔の印買い忘れてる！」

ギルドカードに似た鈍い銀色の金属っぽい通行許可証を受け取り、出口に向かおうとして振り向きざま大声で叫んでしまった。

「従魔の印をお持ちじゃないんですか？　許可証には、あなたの他は豹獣族の少女と狼系と猿系と石化鳥系従魔となってますが」

俺の叫び声に、係の人が反応した。

「従魔の印なしでロモン公国に入ると色々面倒ですよ。ちょうど昨日入荷したものがありますが、購入されますか？」

おお、品薄と聞いていたが、さすが国境通行許可証を発行しているお役所だ。国境を越えるのに必要なものも扱っているのか。

「すみません三個購入できますか」

「従魔の印は小型従魔用が青のみで、赤がなく、一つ一万オルです。中型従魔用なら青が一つ二万オルで赤は十万オル、大型従魔用は赤のみで十五万オルになります。テイマーで契約済みでしたら中型で青でも大丈夫そうですが、街中を連れ歩かれるのでしたら赤をお薦めします。大型の狼系などは危険度を鑑みて赤でないとだめでしょう。品薄で価格が高騰しており、ややお高くなっておりますが」

ツナデは、見た目は大型のゴリラ系と違って小さいが、脅威度は一級だぞ。

オロチマルは中型でも大丈夫そうだが、今後も大きくなると思うので、ツナデに中型用、ジライヤとオロチマルに大型用を購入することにした。

「赤の中一つ、大二つお願いします」

冒険者ギルドではないので、ギルド貨は使えない。金貨でジャラジャラと支払いをする。

しかし、従魔の印三つで四十万オルは、日本円だと四百万相当、車が買えるお値段だね。

こんなのがなあ。まあそれだけ支払ってもまだ所持金はたんまりあるがな。

この従魔の印は、前にペルシュリンホースがつけていた従魔の印と違い、魔石以外の金属部分に装飾が施された立派なものだった。

＝従魔の印・赤　魔力登録未　状態・正常
魔石に《従魔契約》を付与された魔道具。魔力登録したものを主、最初に装着した対象を従として魔力登録し《従魔契約》の効果を発する。すでに《従魔契約》した主従にはその効果を上げる。金属部分にミスリル合金を使用しており《自動調節・小》の効果を持つ。ガドバンが作成した魔道具＝

ミスリル合金だったよ。職員曰く——

「従来品とは異なり、主だけでなく従魔も魔力登録することで、他の従魔には使えなくなります。主従登録型で、これは盗難防止にもなります。お値段はお高めですが、自動サイズ調節機能がついてまして、従魔の成長に合わせて都度交換する必要はありません。あ、調節については装着従魔から魔力を自動で吸いますので、主側は登録時と命令時以外に魔力は必要ありません」

自動サイズ調節機能は限度があるらしく、小型のものを大型従魔に装着することはできないようだ。

当然牛サイズからチワワサイズに変化するジライヤには対応しきれない。

ジライヤの《メタモルフォーゼ》はユニークスキルだし、サイズが変えられるような上位スキルを持った魔獣をテイムすることはほとんどないのかも。

これは新製品で、なんでもフェスカが従魔の印を改造して隷属の首輪を作ったことから、ロモンでは転用できないよう新しく開発したものだとか。ただそのせいで価格が高く、即売り切れとはならないらしい。一つ百万円もすれば考えるよな。

俺は買うけど。

そして転売できないよう、購入者が登録するところを販売者は見届ける必要があるのだとか。

これもフェスカ対策らしい。では、まずはツナデからだ。

『リボンはずさんとあかんの？』

ツナデがリボンの端を指先で弄(もてあそ)ぶようにしつつ従魔の印を見る。

ハヌマーンに進化してからは、首ではなくルーナと同じようにヘアバンドにしているからそのままでいいだろう。この従魔の印は、首輪状ではなく前部分が半月状のカーブを描く感じになって胸元にくるので、チョーカーというかネックレスだな。少し余裕があって、長さで言えばプリンセスサイズというやつか。

「そのままでいけると思うぞ」

『なら、つけてええで』

赤い魔石が嵌め込まれた部分が正面に来るようにすると、ちょうど真後ろの部分が腕時計の金属ベルトのようになっている。この留め具を嵌めたのち、前の魔石部分に魔力を流せば魔力登録完了である。従魔の印をツナデの首に回し、金具を嵌めるとカチッと音がした。前の魔石に魔力を流すと同時に裏の方から従魔の魔力を吸い上げ、主従ともに魔力登録が完了する。

「装着確認しました。その従魔の印を外すことができるのは、魔力を登録した主、あなただけで、他のモンスターに装着しても効果はありませんのでご注意ください」

ギルドカードが本人の魔力に反応するように、これも登録した俺の魔力にのみ反応する。

『マスター、ツナデであれば従魔の印の破壊は可能のようです。従魔の印は魔道具ですから、許容量以上の魔力を流せば破壊できます。ツナデは総MPが五桁を超えています。妖精種でも総MP五桁は稀です』

「え？」

『なんや、そうなん』

そうなの？

『この従魔の印は、ジライヤたちのような高ランクの魔獣を想定して作られていないと思われます』

だよなあ。そもそも自分より強い魔獣はテイムできないのだ。俺がみんなをテイムしたのは、進化前の子供や雛で、しかも弱ってるときだったな。

外のジライヤたちのところに向かいつつ、登録前の従魔の印を〈記憶〉しておく。

わざとじゃなくっても壊れることがあるからな。

役所の人の立ち会いのもと、従魔の印を装着したのだが、なぜかジライヤたちもスカーフを外したくないと言い、ちょっと四苦八苦した。最初の魔力登録が済めば、魔石部分じゃなく金属部分が身体に触れていれば問題ないようだ。さすが魔力の通りがいいミスリルである。

またも思わぬ時間を取られてしまった。

次は箱車を回収して工房だな。大八車を引いて宿に向かう。

昨日は戻らなかったが、冒険者が予定していた日に戻ってこないことなんてザラにあるのだ。その場合、部屋代を取られるかどうかは宿次第。もし戻ってこなければ、冒険者の残した荷物は宿のものになる。俺たちは部屋には荷物を置いてなかったが、車庫兼厩舎に箱車を置いてあった。

ここは良心的な宿だったみたいで、車庫の代金だけで済んだ。

というか、部屋に荷物がなかったので、すでに別の客が泊まっていた。俺たちが帰ってきたら格安で車庫に泊める算段だったらしい。

……良心的？

箱車をジライヤに引いてもらって工房に行くと、ホーエンがいた。

無事完成しており、ホーエンに鞍の装着の仕方を教えてもらいつつ、まずはオロチマルに自分の手で装着していく。

「どうだ、キツいところとか痛いところはないか？」

『うん、だいじょぶだよ、フブキまま』

ホーエンは見てるだけで、口は出すが手は出さない。自分たちで装着できないと困るからな。

装着の際の注意点なども聞きながらだが、ツナデが器用にオロチマルの鞍の留め具を嵌める姿を見て驚いていた。

そんなに複雑な作りをしているわけではないので、数十分で取りつけは終わる。初めてだからこんなものだろう。

形は違うが、ジライヤの鞍も付け方にそう大きな違いはないから、時間は短縮できた。

この鞍は車牽引用のハーネスも兼ねていて、箱車の引き綱を取りつける部分もちゃんとある。

引き綱を追加すれば、二頭引きも可能だ。

さあこれで出発だと思いきや、ホーエンに止められる。

「次は外し方と手入れの方法を説明します。それが終わったらまた装着してそれで終わりですよ」

そうですね。手入れは必要です。

〝コピーして潰れたら新しいものに交換〟というのは他ではあり得ないので。でも俺はするけど。

それもようやく終わり、これでルーンですることは終わった。もう忘れていることはないよね。

お値段の方は素材持ち込みで二万オル。ワイバーンの皮以外も使われてるし。持ち込みでなかったら十万オルほどするそうな。

背中の広さ的な問題なのだが、同じ二人乗りと言っても、ジライヤとオロチマルでは鞍の大きさと形が違う。

ホーエンの提案通り、ジライヤの鞍は座面が広くて三人乗れそうな感じだ。オロチマルの方は鞍は背もたれがついているので個別シートである。一応前が狭く後ろが広くしてある。俺が座るとしたら、常に後ろ側になる。

騎乗するのが俺とルーナであることから、前が子供のサイズで後ろが大人サイズ。ツナデは俺におんぶだからな。一応、つかまるところというか鞍頭っぽいものもある。

持つところがないと不安だからっていうのもあるが、顔に装具がないから。

「顔に装具はつけない」と言ったら、ホーエンが胸帯の部分に手綱を取りつけてくれた。何かに繋いだり乗らずに引いたりするときに必要だからだ。

『まま乗る？　ボクに乗る？』

工房を出た途端、オロチマルが期待に瞳を輝かせて俺を見る。

「まあ、街を出てからだな」

『そうなの……』

残念そうにうな垂れるオロチマルの首を撫でる。

……本当はジライヤに乗ろうと思ってたんだが、言えない。

オロチマルは走りに向いていないのだ。歩く際はまだマシなのだが、走ると上下運動が激しくなる。今の俺やルーナの身体能力だと問題ないのだが、きっと興奮して目立ってしまう。ただでさえ大型の見慣れない鳥系モンスターなので、結構人目を引いているのだ。

従魔の印をつけたおかげか、昨日までよりは人がオロチマルを見る視線が離れるのが早い。だが騎乗してオロチマルがはしゃげば、悪目立ちすると思う。

ルーンの都は上級階級以外は城壁内の飛行禁止。外に出れば飛べるのでそれまで〝待て〟である。だから街中から街道の人通りの多い間はジライヤに乗ろうかな、なんて考えていた。ちなみにツナデとルーナは「鞍の具合を確認」と言って俺より先に二人でジライヤに乗っている。

鐙（あぶみ）の長さは調節できるのだが、ルーナは「別にいらないよ」といい、ツナデは跨（また）るのではなく、膝を畳（たた）んで三角座りのような感じで座っていた。

今まで散々鞍なしで乗ってきたのだから全く問題ないのだ。

あれ？　二人乗り用の鞍を作った意味ってあったのか？　いや俺が乗るのに要るんだった。

そんなこんなで南門を出てオロチマルに乗ったのだ。空間記憶した場所までだから、大した距離移動しないいんだけどね。

案の定、オロチマルは跳（は）ねた。でも鞍は偉大だった。鐙（あぶみ）と手綱（たづな）があるのとないのとでは安定感が大違い。うーん、お昼まで時間があったらリノレン山までこのままでもよかったんだが、チャチャがお昼作って待ってるからね。

「忘れ物ないかー、家片付けるぞー」

みんなが頷いたのでログハウスを収納し、周りを囲っていた目隠しの生垣をおかしくない程度に伐採しておく。木は〈ドライ〉で水分を抜くといい薪になるから無駄にしないよ。

昼食を済ませた後、今日はゆっくりするという手もあった。

だが出発したがったのだ、オロチマルが……

国境の町ゼテルの近くに〈空間記憶〉してあるので、一瞬で移動できるんだがな。

現在オロチマルの背には前席にルーナ、後席に俺、その間というか、俺の足の上にチワワサイズのジライヤを乗せ、背中にツナデが抱きついた状態で乗っている。

全員で空の旅とあいなった。《騎乗》スキルが上がったおかげか、違和感なく乗れている。風圧をほとんど感じないのは《飛行》スキルが自動でシールドを張っているからのようだ。オロチマルの意思で別途《風魔法》を使ってるわけではなかった。

ツナデによれば、コカトリス時代は実は風が当たっていたので、ツナデが《風魔法》で自分に当たる風を散らしていたようだ。

「風よけ、いらんなったから、楽になったで」

風よけは不要だが、全員だと重いだろうから〈ウエイトダウン〉をかけて重量を減らしている。

あまり減らしすぎるとオロチマルのコントロールがおかしくなるので重さは半分だ。

そのままでも飛べないことはないのだが、重量が増すと消費MPが増えるのだ。

前回のように、ジライヤは影に潜ってついてくることもできたのだが『オレも飛んでみたい』と言ったので全員で空の旅となった。

『空というのは遠くまで見渡せるのだな』

「そやな、ええ眺めや。ウチも高く上がるくらいはできるけど、この速度出すんは無理やな」

『ボクのっ背中にっみんなをっ乗せてっ飛んでくっよ～』

「自分で走るより速いね、オロチマル」

ただ今の飛行速度は時速にして百キロくらいだろうか？　これは最速ではなく巡航速度というやつだ。一時間を超えそろそろ休憩しようかと思っていたら、ゼテルの町が見えてきた。

そしてただ乗っていただけなのだが『スキル《騎乗》のレベルが上がりました』とナビゲーターのコールがきた。《騎乗》のレベルが上がると、振り落とされにくくなり、お尻や太腿が疲労しにくくなるのだが、すでに十分乗れていると思う。

もっとレベルが上がると、サーカスみたいなアクロバティックな乗り方もできると。

……なんのために？　鞍の上で逆立ちとかするの？

ごめんなさい。騎乗しながらでも武器などが扱いやすくなるので、戦闘する際に有利になるのだそうです。

「さあ、ゼテルの町に到着だ」

だが西門から入ってそのままどこにもよらず、まっすぐに東の国境門まで進む。移動についてはルーンの冒険者ギルドで手続きを済ませてある。

「え、フブキが買い物しない」

『具合悪いんか？』

そんなに買い物好きと思われてるのか。買い物と言ってもいつも食材くらいだし、それに食材は君たちも口にしてるんだよ。いいけど。

前回来たときに買い物したし、買い物するなら国境を越えてからの方が、ロモンの特産物とかがあるよね。

国境門に立つ兵士に、俺とルーナのギルドカードと通行許可証を提示する。

「冒険者か。獣族の子供を連れていくなら十分注意しろ。最近はフェスカに近い街でなくとも〝拐かし〟が出るそうだ」

ルーナを見て注意してきた兵士に礼を言うが、ルーナのギルドカードがただの身分証でなく冒険者七級だったことに驚嘆しつつ「だから出国許可が出たのか」と納得していた。

「ま、まあモンスター相手に勝てても人間相手、特に小狡い連中は正攻法で襲ってこない。油断するなよ」

「うん、気をつける」

兵士はルーナの頭を撫でてアドバイスをしてくれた。ヴァレンシ共和連合はいい国だったな。

ウォルロープ先生のおかげでフェスティリカ神とも会えたし、目的地がはっきりした。

オークやワイバーンと戦ってみんな進化して強くなったし、ログハウスやチャチャのおかげで旅は快適すぎるくらい快適だ。

そういえば、俺は地球の神様から調味料いっぱいもらってたけど、雪音たちってどうなんだろう？

加護二人分の効果ってユニークスキルだけじゃなくて、最初に《アイテムボックス》に入っていた諸々のアイテムもなんだよな。

だとしたら、雪音たちは調味料持ってないよな。今頃日本の味に飢えてるかも。再会できたら美味しい食事を食べさせてやろう。作るのは、俺じゃなくチャチャになるかもしれないけど。

あ、でも雪音ってよく手作りお菓子とかくれたよな。時々弁当も作ってくれたし、この調味料を雪音に渡したら、日本の食事作ってくれるんじゃあ……

思わず、じゅるりと涎をすすってしまった。

調味料があってもレシピを知らないから、簡単なものしか作ってない。スキルの《料理》は包丁使いとか、火を通す加減とか、調理技術が上がったものの、知らないレシピは作れないんだ。

チャチャは色々研究してくれてるけど、ちょっと違うんだよ。なんて言うか、外国で出される怪しい日本食みたいな？　それはそれで美味しいんだけどね。

『フブキ、もう町が見えてきたで』

ツナデが俺の肩を尻尾でトントンして、考え込んでいた俺の注意を前に向けさせた。

ゼテルの城壁から東はロモン公国だ。国境門を越えて街道沿いに東へ進むと、ロモン公国側の国境の町がある。距離にしておおよそ二キロほどで、うっすらと向こうの町の壁が見えている。

国境を越えたこのあたりは平原で見晴らしがいい。モンスターもいなそうだし、盗賊もでなそう。まあ、どっちの町からもここ丸見えなんだけどね。

平常時であれば、ロモンとヴァレンシを行き来する商隊がたくさん行き交っていたのだそうな。

さすがにこの距離を飛んでいくのもどうかと思うので歩いている。見晴らしよすぎて箱車も出せない。

「近いね、隣の町」

「うん、見えとる」

ツナデとルーナはそのままオロチマルに騎乗している。背中の位置が結構高いのでよく見えるのだろう。

ツナデが上下運動しないで歩くように指示している。気を抜くと揺れるので、尻尾でピシッと足を打たれていた。オロチマル、がんばれ！

足音立てずにって練習させて《消音》スキルゲットしたし、そのうち何か移動のスキルゲットできるかもしれないぞ！

俺はジライヤとオロチマルに挟まれて歩いている。ジライヤに鞍はつけてないからな。

雪音たちは今もスーレリア王国にいるのだろうか。

地球の神様が俺たちは『強制召喚された』と言っていた。フェスティリカ神も『召喚したのは〝スーレリア〟という人族の国』って言ってた。

召喚しておいて粗末に扱うってことはないと思う。

昨今のラノベの流行は〝召喚して即奴隷〟だとか〝役に立たないから放り出す〟っていうのが定番なんだが……

まあ、それはラノベの話だ。そんな最悪の状態なら、フェスティリカ神が何か言ってくれただろう。

フェスティリカ神曰く『別れて行動している』ってことだったが、雪音と牧野は一緒にいるだろう。別れたのは勇真ではないかと推測する。問題はどうやって二人を捜すかだが。

牧野がついているなら絶対冒険者登録してるよな。

それで「テンプレ、カモン！」とか言ってそう。

テンプレといえば、今回の召喚は〝勇者召喚〟かもって考えたが、この世界の魔王って単に魔族の王様なんだよな。

メトディルカ帝国は他国に侵略戦争とかしてないし。ヴァレンシ共和連合とは交易してる。香辛料とか売っていた。〝勇者の敵と言えば魔王〟っていうのも、俺のフィクションに染まった思考にすぎない。

侵略戦争ならフェスカ神聖王国の方だよな。今も獣族狩りとか拐かしとかやってるし。

フェスカ神聖王国に近づかないようにして、南東に進めばカーバシデ王国だ。カーバシデ王国の情報はほとんどなかったから、とりあえずは情報収集だな。

そんなふうに考え事をしていたら、ロモンの国境の町に到着した――

第五章　逃亡劇

転移トラップを踏んだ途端、私――笹橋雪音の身体が眩い光に包まれ、その後に浮遊感と軽い眩暈に襲われたが、どれもすぐに治った。

「カ、カナちゃん。無事？　モンスターは？」

目を開けると、先ほどまでと同じ罠ダンジョンの中だった。ただ、牧野奏多――カナちゃんはいるが、大量のスケルトンや監視役のカールたちはいない。

「近くにはいないみたい」

「ここ、どこだろ？」

「浅い階層だと嬉しいんだけどね」

目が暗さに慣れてきた。転移トラップによって私とカナちゃんが転移してきた場所は長い一本道で、先が丁字路になっていた。

よかった。転送先がモンスターハウスとかじゃなくって。しかも近くにモンスターはいないっぽい。

この罠ダンジョンは、転移トラップはあるけど、以前に行った訓練用ダンジョンと違って、転移ポータルはなかった。

前のダンジョンは五階と十階に帰還用転移ポータルというものがあって、それに触れることで出入り口付近に転移できた。

まあ帰りは楽できるけど、行きはないんだよね。

ダンジョンによっては、階層転移ポータルというのもあるらしい。

私たちがさっきまでいた階層は十二階だ。お目付役だった金髪騎士（カールレイ）や美形魔術師（シルヴァリス）がダンジョンから出るには、どんなに急いでも数日かかる。ここが十二階層より浅い階層なら、私たちの方が先に出ることができるはず。

「ユッキー、あれなんか見覚えある」

盾を構えたカナちゃんが、丁字路の角から先を覗（のぞ）きながら、おいでおいでと合図をする。

「先が広くなってて奥は見えないけど、あれ階段部屋だと思う」

階層を行き来する階段のところは、割と大きなスペースがあって、モンスターは通常階層を移動できないのかしないのか、とにかく階段部屋にはやってこない。だから、ダンジョン内では夜営や休憩場所に使われることが多い。

丁字路の反対側や後ろを注意しつつ、階段部屋まで一気に走る。以前に比べて走る速度も速くなったし、何より重い荷物や装備をつけたままで百メートル全力ダッシュをしても息が切れない。

レベルって凄（すご）いよね。マラソンではいつも後ろから数えた方が早かったのに。

ただ本気で走ると、カナちゃんの方が断然速い。ＡＧＩは同じくらいなのに、ＳＴＲが倍近く差があるからかな。

このダンジョンは比較的人が少ないが、それでも浅い階層では冒険者を見かける。今ここの階段部屋には誰もいない。やっぱり十二階層より下なんだろうか。

階段部屋の奥にあったのは上り階段だった。下りでなくてよかった。下りなら上り階段を探しにこのフロアを探索しなきゃならないもの。

「ここ一度通ってる。ちょっと待って《マップ》で確認するから」

カナちゃんは《マップ》スキルを持っているので、自分が歩いたことのある場所が記録される。一度通った場所ということは、十二階層より浅い階層だということだ。

カナちゃんが何もない空間を指で触っている。

私からは見えないけど、カナちゃんには地図が見えていて、指で縮尺を変更しているんだって。「ゲームマップみたいに場所の名前も表示してくれたらいいのに」って言ってたから地名までは表示されないみたい。

でもスキルレベルが3になって、一度通った場所の地図が記憶されるようになった。

この罠ダンジョンにきて罠を鑑定とかしたおかげか《サーチ》っていうスキルも手に入れたのだけど、結構ＭＰ消費するので連発はできないみたい。

カールたちがいるところじゃできないから、自分のいる場所以外って確認する機会って少ないの。

「ラッキー！　ここ三階層だ。これ登れば二階層だし、一階層の上り階段、そんなに離れてなかったよね」

「頑張(がんば)れば今日中にダンジョンから出られるかも」

思わず手を取り合ってぴょんぴょん跳(は)ねてしまった。

危ない危ない。ここは浅い階層だとしてもダンジョンの中だし、まだ階段部屋に入っていないから、いつモンスターに襲われるかわからない。

「じゃあ、早く上がろう」

「ちょっと待って、ユッキー」

階段へ向かおうとしたら、カナちゃんに手を掴まれた。

「このままじゃなくて、変装できないかな。ダンジョンの出入り口に兵士が立ってるよね。私たちってわからないようにした方がいい」

ダンジョンの出入り口には兵士が立っている。出入りするものをチェックしたりはしないが、何か問題が起こったときに対処できるよう、常に二名の兵士が常駐している。

カールたちは絶対私たちのことを確認するはず。

「だけど、たいして着替えられるものってないよ？」

「そこはユッキーのスキルを使ってね」

私のスキル？　はてなを浮かべながら階段を駆け上がった。

確か二階層に上がったらすぐ近くに、スライムと遭遇した小部屋があった。

カナちゃんと二人、階段を駆け上がるとその小部屋を覗く。

ここは、入ってすぐのところに罠のスイッチがあり、それを踏むと五秒後に落とし穴の口が開くのだが、一度開くと半日は作動しない。

なので、わざとスイッチを踏んで、小部屋の外で落とし穴の口が閉じるまでじっと待つ。

はい、これで部屋の中にいたスライムは落とし穴に落ち、小部屋はしばらく安全になる。

小部屋に入ると、カナちゃんが入り口から外を窺いつつ、《アイテムボックス》から色々取り出した。

「まずは装備ね」

自分たちの装備は最初に城で使っていたものではなく、冒険者として違和感がないくらいにランクが落とされたものだ。

カナちゃんは〝盾剣士〟ということで大きめの盾と片手剣。

防具は全部革製の両肩当てのついたブレストアーマーと腰当に膝下まである草摺、ガントレットにグリーブ。

私は〝治癒槍士〟で武器は槍。回復要員のはずだけど、武器が必要ってことで最初から槍を持たされている。

お付きのシルが杖装備なのに、女の自分が槍なのは納得いかなかったけど、攻撃魔法はあんまり使えないって言っちゃったから仕方ない。

防具は革製の肩当てのないブレストアーマーにタスと一体型の太腿を覆うくらいのタシット。肘までの手袋と膝までのブーツだ。

「スケルトンアーチャーから奪った弓と矢筒があるでしょ」

戦闘中に何度か倒した相手の武器を《アイテムボックス》に収納した。どこかで換金できたらと思ってのことだ。

「結構ボロボロだよ、あんまり使えそうにないと思うけど」

カナちゃんも自分が収納したものを取り出す。

「そこはユッキーの〈物質疲労回復〉の出番じゃない」

「あっ！」

自分たちの下着は〈物質疲労回復〉を使ってたけど、カールたちには隠してたから、彼らの目につくものには使ってこなかった。今なら使いたい放題だ。

そんなわけで割と新品に近いところまで、弓と矢と矢筒を回復させた。

「肩当てがないユッキーの方がアーチャーっぽいよね」

服はこの前買ったものに〈物質疲労回復〉を施す。

髪はまとめてさらに布をバンダナ風にしてまくことで、見た目なんだかアーチャーっぽい？

裾が短めのチュニックとズボン、足はショートブーツでタシット装着。

「私はこの杖とローブでソーサラー。それっぽい？　ソーサラーに見えてる？」

カナちゃんは装備を全て外し、スケルトンメイジから奪った杖と、購入したフード付きのローブを身につけた。

「それって防御に不安がない？」

「大丈夫。《物理防御》《魔法防御》があるから一、二階層のモンスターの攻撃なんか屁（へ）でもないからね」

さすが守護者（ガーディアン）だね。

「でも後衛職二人パーティーって怪しくない？」

「そこはちゃんと考えてる」

外した装備を袋詰めにして《アイテムボックス》に収納しながら、カナちゃんがにっと笑った。


「あの人たちは？」

「うーん、六人パーティーみたいね。もうちょっと少ない方がいいんだけど」

一階層のダンジョンの出入り口の近くで、カナちゃんと二人で倒したモンスターの解体をするフリをしつつ、ダンジョンを出ていく冒険者を見る。

カナちゃんの考えって、結構運任せだったよ。

「三～四人パーティーの冒険者の後ろにひっついて、メンバーのフリしてダンジョンを出る」

というものだった。

そうそう都合のいい冒険者が通るものではない。

かれこれ一時間近くこうしている。幸い解体しているフリをしているので怪しまれてはいない。

フリといっても《アイテムボックス》に収納していたモンスターの死骸を解体しているので、厳密にはフリではない。

フリではないが……

「カナちゃん、もう《アイテムボックス》にモンスターなくなっちゃったよ」

「あー、うん、私の方もこれで終わり。もう何人でもいいから次の冒険者の後ろにひっつくか」

「そうしよう」

素材を入れたカムフラージュ用の袋を私が担(かつ)ぐ。

カナちゃんの方が力持ちだけど、アーチャーとソーサラーだったら、荷物を持つのはアーチャーだよねってことで。職業は反対でもよかった気がするの。

「きた」

数人の足音と、出口が近づいたことで少し気が緩んだか、冒険者たちの話し声も聞こえた。

「斥候(スカウト)、盾、剣士、弓士、よしオッケー！」

四人の冒険者が今回の成果について話しながら通りすぎるのを待つ。

「いくよ」

「うん」

彼らが角を曲がったところを確認してから、彼らの歩く速さより若干(じゃっかん)早めの速度で歩き出す。

こうすることで、ちょうど出口付近で彼らの後ろにつくが、そのままの速度で歩き続ければダンジョンの出入り口を囲う壁の門を過ぎた頃に追い越せる。

門に立つ兵士にはパーティーっぽく見えるが、冒険者たちには後ろから追い越されたと思ってもらえるだろう。

心臓がバクバクするけど、疲れた風を装い下を向くことで、冒険者からも兵士からも顔を見えにくくする。

ちょうど七刻を告げる鐘が鳴る。早い人は夕食を取りはじめる時間だ。周りでは、探索を終えた冒険者が食事処や酒処を求めて通りをうろついている。

今なら村を出て近くの街へ帰る冒険者もいる。そんな冒険者に交じって村の門を通過した。

どこの町村も入るときは身分証のチェックをするが、出るときのチェックはあったりなかったりする。ここは出村は自由だ。

「クフッ」

カナちゃんが堪えきれずという感じで笑いをこぼす。

「まだ、だよ」

「わかってる」

下を向いたまま小声で会話を交わした。

この村は国の西端、中央山脈の最南東の麓にある。王都はここから馬車で三日はかかる。

でも、北に向かえば隣国セバーニャの国境が近い。

隣国の国境に近いダンジョンに連れてきてくれてありがとう。

私たちはそのまま徒歩で北を目指すことにした。


「へえ、セバーニャの親戚を頼ってねえ。姉妹二人だけで旅するのは危険だよ」

「護衛の冒険者を雇うお金がなくって」

「姉さんは多少剣が使えるし、私も少しは魔法が使えるので」

門兵に町にきた目的を問われ、姉妹で旅をしている設定にした。

町に入る前にまた服を着替えた。今度は私が杖を持ち、防具装備なしでワンピースとローブで魔術士風。

カナちゃんが弓とショートソード、バンダナとブレストアーマーで狩人風。

セバーニャの国境に近いクエンタという町に着いた。

クエンタは、あの罠ダンジョン村の冒険者ギルドと素材の取り引きもしているようで、それなりに賑(にぎ)わっていた。

町に入るにはお金がいる。二人分二千シリル。あまり現金の持ち合わせがないので、ここでお金を稼がないといけない。

門兵に水晶玉に手を置くよう言われ、載せると青く光る。何かをチェックしてるのかな?

「問題ないな」と手を差し出され、入町税二千シリルを払ったら、今晩宿に泊まる分すらない。

「けど、セバーニャの国境は封鎖されて十年ほど経つ。冒険者じゃなければ通れないよ。冒険者だって通行許可証がいるし」

「「え?」」

お金よりもっと重要な話が出た。〝国境が封鎖されてる〟って? そんな、隣国と国交を断ってるなんて話、聞いてないけど。

「偉く田舎から来たんだねえ」なんて言われて、笑って誤魔化した。

「とりあえずお金を稼ごうと思ってたけど、冒険者になるの急いだ方がいいみたいね」

罠ダンジョンの近くの町で冒険者登録をすると、カールたちにあとを追われるかもと、国境を越えてから登録するつもりだった。けど、そんなこと言ってる場合じゃないかも。

「冒険者登録するにもお金がいるし。まずスケルトンの武器を売って、中古品の武器を買おう。それをユッキーが回復させて別の店で売ればなんとかなると思う」

「武器だけじゃなく、服も〈物質疲労回復〉で綺麗にしたものを売って、中古服を買えば着替えられるよ」

カナちゃんが最初の店で修理品を売り、私が中古品を買う。それを修理したら次の店で私が売り、カナちゃんが安い中古品を買う、という方法で、武器屋と服屋を三軒ずつ回ってかなりの現金を手に入れた。

これで今夜の宿代と、冒険者ギルドで登録するお金ができた。

「明日冒険者ギルドで登録できるし、それにギルドカードがあれば入町税が半分返ってくるわ」

「持ってる素材を売れば旅費になるでしょう。それですぐに町を出て……」

「ユッキー、冒険者登録して依頼も受けずに町を移動なんてしたら、怪しんでくださいって言ってるようなものよ。せめていくつか依頼を受けてから出ないと」

話し合ってクエンタの冒険者ギルドでいくつか依頼を受けることにした。

足がつかないように《アイテムボックス》の中の素材もここでは売らず、他の町で売ることにした。

召喚されてからこっち、座学と銘打ってずいぶん勉強させられた。勇真は飽きてすぐどっかに行っちゃったけど。でもその勉強って、自分たち（ユーファンレア）に都合のいいように改竄（かいざん）された内容だったみたい。隣国と国交断絶してるなんて、これっぽっちも言ってなかったよ。

翌日は冒険者登録をした。当然偽名だ。私はスネー、スウェーデン語で〝雪〟を表す単語。単純に英語だと勇真にわかるかもしれないから。スウェーデン語だと、勇真だけじゃなく風舞輝にもわからないかもしれない。

カナちゃんは〝奏でる〟のスウェーデン語でスペーラにした。

冒険者ギルドで「テンプレイベントが起こらない……」とよくわからないことを言いながら、なぜか不満そうな顔してた。

冒険者ギルドは十級から始まり、受けられるのは九級の依頼まで。パーティー登録をすることで八級になれば二つ上の依頼も受けられるという。お金を稼ぐには九級依頼では数をこなさねばならない。

「気をつけてね、カナちゃん」

「ユッキーも、町の中は人間に気をつけるんだよ」

「うん」

「じゃあ四刻に門でね」

そこで手を振ってカナちゃんと別れた。資金調達のため、二手に分かれ《サーチ》スキルのあるカナちゃんが薬草採取に行き、私は町で服や武器を買って〈物質疲労回復〉しては売るということを繰り返した。

「こんな綺麗(きれい)な服を売るのかい？」

「新品っぽい掘り出し物だったんだけど、サイズが合わなくって。もう少し高く買ってもらえませんか」

古着屋さんで店の人と交渉して、高く買ってもらう代わりに古着を数枚つけてもらった。一緒に、できるだけボロい服を見繕(みつくろ)って購入し、さっさと店を出る。

このとき合わないサイズのものを買う方が売りやすい。サイズが合わないって言えば売る理由として問題ないから。

武器の場合は「少し重くて使いにくい」なんて言えば怪しまれずに済む。武器は命に関わる大事なものだから無理して使うものじゃないからね。

鞄に詰めたボロ服を〈物質疲労回復〉してから別の店に売りに行く。昨日今日と町の南側の目ぼしい店は回った。昼からは北側に移動しよう。

そろそろ四刻だ。カナちゃんと待ち合わせ時間になりそうなので門に向かうと、カナちゃんの方が先に着いてた。

冒険者ギルドで薬草を納品して、午後用に三件の薬草採取依頼を受けた。夕方それも納品すると、私たちは無事九級に昇級した。一つだけとはいえ、昇級したので明日は町を出ることにする。

セバーニャ国の国境近くにある町まで馬車で一日かかると言われたけど、私たちは徒歩で移動した。乗合馬車もあるけど、極力人と関わらないようにするためだ。

カナちゃんと二人、人目につかないところで走ったりもした。

この世界に来てからレベルが上がり、色々な能力が上がったせいで、マラソン選手よりも速いんじゃないかってスピードで走れる。自分でもびっくりするくらい疲れないよ。問題は靴がすぐに傷むことだけど〈物質疲労回復〉で元通り……まではいかないな。すり減ってなくなった靴底は完全に戻らないんだよ。

そんなこんなで、日暮れ前には次の町が見えてきた。

「町に入る前に着替えよう」

クエンタで購入した服に着替えていると、横でカナちゃんが腰まである綺麗な髪をバッサリ切り落とした。

「カナちゃん……」

「そんな顔しない。こっちに来てからシャンプーもトリートメントもないし、かなり傷んでたから。洗うのも乾かすのも大変だったもの」

私が《四属性魔法》を覚えてからは魔法で乾かせるようになったけど、この国の一般的な石鹸で髪を洗うとギシギシする。

城では髪につける香油のようなものはあったが、においがきついしベタベタするから使ってない。

「色も変えられたらよかったんだけど、黒は染まりにくいから。ユッキーの髪なら染まると思う」

カナちゃんはクエンタで布の染色に使われるという木の実を採取していた。この汁を使って元々明るめの栗色だった私の髪が赤く染まる。

そして、カナちゃんは黒い服に革のブレストアーマーと、ショートソードを二本さしてスカウト風にチェンジ。

私も暗い色の服と革のブレストアーマー、片手剣を装備し剣士風だ。

荷物は少なすぎるのもおかしいので、二人とも布袋を背負った。

冒険者はわりとすんなり町に入れてもらえた。

問題はここからだ。国境まではそう遠くない。私たちの足なら一日かからないけど、問題はどうやって国境を越えるかだ。

神様は私たちに味方してくれているのかも。

たまたま宿の食堂で、近くに座っていた冒険者パーティーの会話が聞こえてきた。

「で、そいつらは山を越えて中央平原に抜けるつもりが、道に迷ってセバーニャに出ちまったんだって」

「なんだよ、ほぼひっかえしてるようなもんじゃねえか。迷ったにしても酷えな」

酒を飲みながら大きな声で話すため、聞こうとしなくても耳に入ってきた。

「カナちゃん」

「ユッキー、部屋に戻ろう」

こっちは小声でヒソヒソと話して席を立った。

「いい情報だわ。明日依頼を受けて山に行きましょう。それでしばらく山を移動してセバーニャに出れば検問を越える必要はないわ」

「明日、しばらく野営できるように買い物しましょう」

そして翌日は準備に奔走し、その次の日は山に出るという八級モンスターの討伐依頼を受け、町を出た。

「モンスターに不意を突かれて荷物をなくしたって、そりゃあ災難だったな。入街には一人千チルトかかるが金はあるのか？」

いかつい顔の兵士に、ここでも水晶玉のようなものに手を置くように促され、何かを確認されながら言われた。これって、犯罪歴を簡易にチェックする魔道具みたい。

国境を越えたんだから通貨が違うのは当然だわ。ここではシリルが使えない。

せっかく稼いだシリルが無駄になっちゃった。また一からお金稼がなきゃね。

「お金も荷物と一緒になくして、魔石とか薬草とか買ってもらえないかな」

カナちゃんが小さな巾着から魔石を取り出した。スケルトンソルジャーの魔石が一つ三百チルトで七個ほどを渡すと、百チルトお釣りをもらえた。

「二人とも問題なしだな。ようこそカルニャッカへ」

いかつい顔の兵士は、凶悪に見える笑顔で街の方へ案内するように手を広げた。

ようやくスーレリア王国を離れた実感が湧き、大きく息をはいた。

●定価：本体1200円＋税　●ISBN：978-4-434-27774-0　●Illustration：三弥カズトモ

孫をかばって死んでしまい、しかもそれが手違いだったと神様から知らされたセイタロウ(73歳)。お詫びに超チート能力を貰って異世界へと転生した彼は、生前の茶園経営の知識を生かし、旅の商人として生きていくことにする―― 人生波乱万丈、でも暇さえあればお茶で一服。『いのちだいじに』を信条に、年の功と超スキルを引っさげたじい様の異世界ゆるり旅がいま始まる。

1~8巻 好評発売中!

漫画：彩乃浦助 B6判
各定価：本体680円+税

●各定価：本体1200円+税
●illustration：NAJI柳田

スキルは見るだけ簡単入手！
SKill Ha MiruDake Kantan nyuusyu!
～ローグの冒険譚～
1～2
著 夜夢
YORUMU
匠の技も竜のブレスも
見れば完コピ
&レベルカンスト!?
スキル集めて楽々最強ファンタジー！
幼い頃、盗賊団に両親を攫われて以来、一人で生きてきた少年、ローグ。ある日彼は、森で自称神様という不思議な男の子を助ける。半信半疑のローグだったが、お礼に授かった能力が優れ物。なんと相手のスキルを見るだけで、自分のものに（しかも、最大レベルで）出来てしまうのだ。そんな規格外の力を頼りに、ローグは行方不明の両親捜しの旅に出る。当然、平穏無事といくはずもなく……彼の力に注目した世間から、数々の依頼が舞い込んできて――!?
◆各定価：本体1200円＋税　◆Illustration：天之有
国を蝕む黒幕を
神眼で見極めろ!!

水しか出ない神具【コップ】を授かった僕は、不毛の領地で好きに生きる事にしました
1・2
長尾隆生
Nagao Takao
辺境領主の領地再生ファンタジー、開幕！
コップひとつで自由に町作り！
大貴族家に生まれた少年、シアン。彼は順風満帆な人生を送るはずだったが、魔法の力を授かる成人の儀で、水しか出ない役立たずの神具【コップ】を授かってしまう。落ちこぼれの烙印を押されたシアンは、名ばかり領主として辺境の砂漠に追放されたのだった。どん底に落ちたものの、シアンはめげずに不毛の領地の復興を目指す。【コップ】で水を生み出し、枯れたオアシスを蘇らせたことで、領民にも笑顔が戻り始めた。その時、【コップ】が聖杯として覚醒し——!?　シアンは【コップ】をフル活用し、名産品作りに挑戦したり、不思議な魔植物を育てたりして、自由に町を作っていく！
個性的すぎる仲間に
お人好し領主は振り回されまくり!?
●各定価：本体1200円＋税　●Illustration：もきゅ

この作品に対する皆様のご意見・ご感想をお待ちしております。

おハガキ・お手紙は以下の宛先にお送りください。

【宛先】

〒150-6008 東京都渋谷区恵比寿4-20-3 恵比寿ガーデンプレイスタワー8F
（株）アルファポリス　書籍感想係

メールフォームでのご意見・ご感想は右のＱＲコードから、
あるいは以下のワードで検索をかけてください。

ご感想はこちらから

アルファポリス　書籍の感想

本書はWebサイト「アルファポリス」（https://www.alphapolis.co.jp/）に投稿されたものを、改題、改稿、加筆のうえ、書籍化したものです。

神様に加護2人分貰いました6

琳太（りんた）

2020年 8月30日初版発行

編集－加藤純
編集長－太田鉄平
発行者－梶本雄介
発行所－株式会社アルファポリス
〒150-6008 東京都渋谷区恵比寿4-20-3 恵比寿ガーデンプレイスタワー8F
TEL 03-6277-1601（営業） 03-6277-1602（編集）
URL https://www.alphapolis.co.jp/
発売元－株式会社星雲社（共同出版社・流通責任出版社）
〒112-0005 東京都文京区水道1-3-30
TEL 03-3868-3275
装丁・本文イラスト－みく郎
装丁デザイン－AFTERGLOW
印刷－中央精版印刷株式会社

価格はカバーに表示されてあります。

落丁乱丁の場合はアルファポリスまでご連絡ください。

送料は小社負担でお取り替えします。


ISBN978-4-434-27783-2 C0093